F.4A

關麗珊 著

F.4A
作者／關麗珊
總編輯／馬鎮梅
責任編輯／王心靈
美術設計／劉碧雲
出版發行／突破出版社
香港沙田亞公角山路33號突破青年村
電話：2632 0000　傳真：2632 0388
電郵：breakthrough@breakthrough.org.hk
網址：http://www.breakthrough.org.hk
http://www.btproduct.com
承印／陽光印刷製本廠
2007年1月初版1刷
2010年10月初版3刷

F.4A
by Patsy Kwan
First Printing, First Edition, January 2007
Third Printing, First Edition, October 2010

ISBN 978-962-8913-48-0

本書經文取自《新標點和合本》，版權為香港聖經公會所有，承蒙允准採用，特此鳴謝。

誠邀閣下就突破出版社的書籍發表意見。
請登上 www.btproduct.com/book，在「讀者回應卡」頁面內填寫。謝謝。

歡迎加入突破書籍 Facebook — http://www.facebook.com/btbooks

本書採用環保油墨印刷

每一個
年輕人都應當
乘着夢想的
翅膀出航。

飛翔專號

目錄

F.4A同學 & Friends

張美雪

中三插班高材生，父早病逝，母曾做換腎手術，剛停止領綜援。

婷婷

中產家庭的獨生女，爸媽離婚後各有新伴，整天有說不出的苦悶。

程詩敏

一場自然災難和父親病患，令富家千金尋回最重要的東西。

簡美琪

剛退出體操校隊，照顧患老人痴呆症的爺爺。

謝國鏘

國鏗雙生弟弟，從美返港入讀F.4B，氣焰迫人。

謝國鏗

父親近年破產；懂事重情，中三曾因家境貧窮被冤枉偷錢。

陳子駿

體操校隊主將，與謝國鏗情同手足，並喜歡同一女孩。

宋美恩

智商超過120，懶讀書但成績極好，渴望愛與自由。

自序——青春飛揚的歲月

謝謝你拿起這本書。

要是你看過《F.3A》，想已知道這是一羣中四學生在 2005-06 學年的故事；要是你不曾翻閱《F.3A》，歡迎你加入，希望這本書可讓年少的你預見成長的轉變，或讓中學階段的你更有勇氣面對成長的困惑，以至讓早已離開校園的你，想起青春飛揚的日子。

故事由一宗交通意外開始，這次意外由多項巧合而成，書中的意外是虛構的，但那些巧合確曾引致真實的意外。

跟《F.3A》一樣，《F.4A》的時間緊貼現實世界，我將這一年的某些真人真事寫成文字，希望小説在描寫學生的故事以外，能夠反映這一年的城市變遷。在虛構與現實之間，這羣學生的身體和思想面對成長的衝擊，青春期的生理和心理轉變最大，度過了

這階段，他們更接近成人世界。

現實生活中的我在這學年曾到十多間中學教寫作班，班上大部分學生都是高中生，我看到他們的快樂，也看到他們的憂慮。通常辦寫作班的是第一組別中學，寫作班裏的更多是拔尖學生。換句話説，我認識的大多是品學兼優的好學生，他們表現乖巧但較為被動，很少表達自己的想法。

我認為中四的學生應該活潑快樂，然而，我看見的多很繁忙，忙於補習，忙於準備會考。有些學校不許中四學生參加寫作班，以免他們不能專心預備一年半以後的會考，他們也提早面對考試的壓力。

當然，香港有多種中學生，每個中學生的背景、性格和能力都不一樣，對學業和考試的態度也不盡相同。

寫《F.4A》的時候，我刻意多寫校園生活輕鬆愉快的一面，希望學生都能高高興興地上課，開開心心地下課。希望你喜歡這本書，高高興興地開始閱讀，並能開開心心地放下它。

夏日寒風

夏末的太陽為叢林的樹葉鍍上金光，國鏘靠着客廳的玻璃窗看了一會，感到有點暈眩。他像媽媽輕撫他的額頭那樣，用手掌摸摸自己的前額，額頭仍有點熱，更有點肚餓了。

國鏘躺在沙發等待媽媽回來，他看見一隻松鼠由對街的梧桐樹上跳下來，再爬上另一棵樹。媽媽説好午飯時候回來，怎麼現在還未回家？

這天，紐約市的地鐵和巴士工人大罷工、學校停課、部分公司不用員工上班。市政府規定每輛駛進商業區的私家車起碼載有四名乘客，以免太多車輛阻塞交通。

國鏘不用上學，他今早七時許仍躺在牀上，渾身忽寒忽熱，喉嚨乾涸癢痛，最要命的是頭痛，腦內像有一羣微型工人用電鑽工作似的。國鏘想媽媽陪他看醫生，隱約間卻聽到她和叔叔在樓下客廳爭吵，他們近來的吵架次數愈來愈頻密，吵罵聲愈來愈響，相信鄰居早已聽見。

第一次聽到他們吵架，國鏘很害怕，很想制止他們，很想幫媽媽，卻不知道怎辦好，他感到既無奈又無助。隨着他們吵得愈來愈兇，國鏘開始由害怕變成習慣，由習慣變得麻木，任由他們的吵罵聲陪伴他玩電腦遊戲。

遠遠傳來媽媽的哭聲，國鏘從二樓的睡房慢慢步下客廳，他先到廚房喝水，也給媽媽倒了一杯水，走到她身旁說：「媽，我覺得頭很痛，要看醫生嗎？」

媽媽抬頭，看見兒子雙眼紅腫，面上還有淚痕，沒有接過水杯便走開了，轉頭拿着耳朵探熱計，一手為他探熱，一手摸他的額頭。她察看探熱計說：「一百度而已。」

到紐約生活以後，國鏘跟媽媽都習慣了用華氏，不像以前在香港用攝氏。

媽媽囑咐道：「記着多喝水啊。」

國鏘將原本給媽媽的那杯水一飲而盡，媽媽說：「我想出去寄郵包，大約在午飯時間回來，飯後陪你看醫生去。」

「我們一起出去吧。我等你先寄郵包，再去看醫生。」

「趙醫生在唐人街，新聞報道說每輛汽車要載四個人才可駛入那一區，除我以外，附近的陳先生和陳太太下午要到唐人街上班，我們到時候可以乘坐他的順風車看醫生。」

「那麼，我等你回來吃午飯，好嗎？」

「好，難得有一天意外的假期，我買意大利粉回來吃吧。」

「好啊！我要忌廉雞湯。」

媽媽笑了，返回二樓梳洗化妝，下來的時候立時精神煥發，國鏘覺得化妝品真是神奇。他定睛看着媽媽忙着出門，問：「那郵件很重要嗎？可以下午才寄出，或改為發電郵。」

「陳先生當夜班，三時許才駕車出去，要是堵車，未必能在五時前到達郵局。我一定要今天寄出這郵件，徒步前往郵局來回一小時而已，媽媽很久沒有步行運動了，就當做做運動吧。」説罷，媽媽背上手袋往大門走去。

「我可以陪你前往郵局嗎？」

「不，你是病人，得在家中多喝水多休息，冰箱有粟米片和鮮奶，肚子餓便弄點來吃吧。嗯，你有點發熱，還是喝果汁好，或者可以吃兩塊麥餅。我順道買些東西，最遲正午回來，跟你吃意大利粉喝忌廉湯。」

國鏘點點頭，看着媽媽走出門外。他想來想去都想不出有什麼郵件，叫媽媽那麼緊張和重視，非要這天寄出不可。

等候媽媽回家的時間特別漫長，國鏘躺在沙發上操控電視搖控，無論轉到哪一頻道都看不下去。他索性看着窗外，引頸等候媽媽帶着午餐回來，卻恍恍惚惚的入了夢鄉……

夢裏的媽媽很年輕，她彎腰跟兩個小男孩説，哥哥要讓弟弟啊，你們別爭玩具啦。弟弟要疼哥哥，不要打哥哥。媽媽要走了，你們兄弟倆要相親相愛。

兩個小男孩長得一模一樣，國鏘知道他們是童年的自己和哥哥國鏗。媽媽離開那房間，他們嚎哭起來，不斷喊叫：「媽媽，別走，媽媽……」

「媽媽，別走……」國鏘驀然從夢中驚醒。

「媽媽，別走……」國鏗驀然從夢中醒來，淚水已沾濕了枕頭。

自從媽媽帶同弟弟離開以後，國鏗很少夢見他們，但心底非常掛念，渴望夢境中的媽媽走到現實，回到他的身旁，卻不敢在爸爸和其他人面前表露。

每次看見子駿跟他媽媽説笑，國鏗心裏不免酸溜

媽媽
……
MUM
……

溜，他開始幻想有一天回家，看見媽媽像從前一樣備妥了下午茶，吩咐他和國鏘洗手吃茶點……放學回家前，國鏗總有這類幻想，然而每次打開家門，幻想便成了空想——家裏無人，他還得準備飯菜，待爸爸下班回來。

國鏗抹去眼角的淚水，看看牀邊的鬧鐘，才晚上十時三十五分，原來自己剛才躺在牀上做了一場夢，他感到喉嚨疼痛。

電話的鈴聲響起，他趕去拾起聽筒。聽到爸爸的聲音，國鏗自顧自的說：「現在回來嗎？我就去翻熱飯菜。」

聽筒另一端沉默下來，對方好一會才說：「國鏗，爸爸有急事到紐約，你馬上幫我帶證件和幾件衣服到機場，好嗎？」

「快十一點了，這麼晚還去機場？」國鏗滿心憂慮。

爸爸不耐煩地說：「別問那麼多，照我的意思去辦。你知道我的護照放在哪個抽屜嗎？快點，我在出

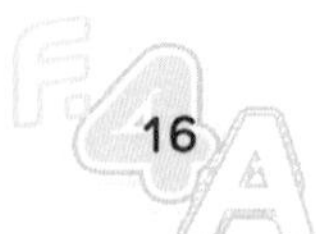

境大堂 A 櫃檯那邊等你。」

國鏗吞吞吐吐地說：「爸，你申請破產後，不能旅遊。你買了機票嗎？」

爸爸怒吼道：「我叫你別問……」

國鏗嚇得差點握不穩聽筒，爸爸冷靜下來，說：「我不應發脾氣的，不過我實在沒有時間向你解釋，你跟我的意思去做吧。我現在先到機場買機票，希望乘坐最早離港的航機前往紐約，你在機場找不到我的話，便給我撥電話。我有帶手提電話的。」

「好吧，我儘快來。」國鏗茫然地答道。

掛斷電話後，國鏗快快為爸爸執拾行李，心想大人總是神神祕祕的，什麼都不願說清楚，總把子女看作三歲幼兒，他心中不免難過。

國鏗走出門外，才想起身上的現金不足，猶豫片刻以後，他決定按子駿的門鈴。子駿是國鏗最好的朋友，他們是多年鄰居、同學和朋友，每次國鏗遇上困難，他總會首先想起子駿。

子駿看見國鏗手持行李，取笑他道：「這麼晚了，想約我去旅行嗎？」

「這是我要帶到機場給爸爸的。」國鏗深呼吸一口氣，道：「你可以借錢給我嗎？」

子駿示意他在門外等一會，轉眼便換上衣服，穿好鞋子。國鏗說：「我來借錢，不是借人，你幹嗎跟我走？」

「我已跟媽媽說好陪你到機場，放心。我只有千多元現金，不夠的話，我帶了提款卡到機場後提款。」子駿拍拍國鏗的肩膀，關門。

「你為什麼不問我為什麼要借錢？」

「別為什麼來為什麼去，你一定是家裏有需要才問我借錢吧，待會兒在機場巴士上，我們大可詳談一小時呀！」

國鏗感到子駿對他的信任，比他對爸爸的信任更多。唉，自己不信任爸爸，倒怪他故作神祕。

夜裏的機場巴士上，乘客寥寥可數。國鏗跟子駿解釋爸爸臨時去紐約的事，子駿說：「我戶口內還有

五千多元。」

國鏗給爸爸打電話，但電話一直未能接通。抵達機場後，子駿先去提款，並在A區很快找到國鏗父子。

謝先生一臉憔悴，雙眼滿佈紅筋，甫見子駿即顯得愕然，並用很重的語氣對國鏗說：「你已十五歲了，仍不敢獨自前來機場嗎？還要子駿陪你，你不懂獨立嗎？」

國鏗一怔，心裏有說不出的委屈。

子駿連忙說：「是我多管閑事，國鏗沒有叫我來。而且，我想來機場逛逛，聽說裝修以後增設了不少商店哩！」

謝先生接過護照和手提行李，逕自走向航空公司櫃檯。辦理登機手續後，國鏗把手中的鈔票交給他，低聲說：「爸，多帶點錢吧。」

謝先生的眼眶紅了，他向子駿說：「子駿，你幫我看管國鏗，我不知道要留在紐約多久。」說罷，他轉向國鏗，「你長大了，要自己照顧自己。夜了，你們回家吧，我到達紐約後會打電話回家的。」

「謝叔叔，一路順風。」這場面怪怪的，子駿知道要是自己和國鏗繼續留在這兒，只會令謝先生更不舒服。

國鏗倔強地說：「爸，我待你入閘後才走。」

「謝叔叔，我們先走了，恐怕會錯過機場巴士哩！」子駿看見謝先生臉色驟變，連忙拉扯着國鏗離開，並向他說：「你別嘮嘮叨叨，你爸說好會給你電話的，我們還是回家吧。尾班巴士不知道是十二時開出，還是十二時三十分，快走吧！」

看見子駿拉着國鏗離開，謝先生為兒子交上好友而欣慰。只是，他將赴紐約，卻不願面對紐約的事，他寧願跟國鏗在香港生活，在遙遠的角落知道他們母子平安就是了。謝先生心裏頃刻間像跌進了無底黑洞似的，感到胸口鬱悶、眼前天旋地轉，由生意失敗到離婚，及至破產，上天對他的考驗到底夠多了沒有？

謝先生捫心自問，從小是個乖男孩，用功讀書，長大後努力工作，待人以誠，對愛情專一，婚後盡

力照顧家庭，希望多賺錢改善家人生活。怎也想不到因為專注工作而疏忽家庭，最後妻子竟帶同小兒子離他而去。他深呼吸一下，想起當初跟好友合資經營生意，一切由零開始，最後仍歸於零，中間經歷了一個極大的教訓——他給一直信任的好友出賣了。想到這裏，他不禁苦笑，強忍着滿腔辛酸。

他拿着登機證，心中極不願意前去紐約，整個人失去支撐似的，頹然跌坐在機場的椅子上，久久才有力氣步向出境的方向。

國鏗跟子駿在夜色中等巴士，國鏗打了個寒顫，子駿問：「你怎麼了？」

「我有點冷。」

「現在放暑假，天天三十度，你真是有病啊！」

「你才有病，簡直冷血！」

「你才冷血。」子駿跟國鏗你一言我一語，起先口角，繼而「動武」，在巴士站你推我撞的嬉戲。國鏗笑起來，但心中無法擇脫茫然，面對未來，他有種難以言喻的恐懼。

子駿正色問：「你真的不舒服嗎？」

「大人老是神神祕祕的……我很害怕，我怕爸爸到紐約有事……」

子駿安慰他：「你真傻。謝叔叔什麼風浪沒見過？沒有事會難倒他的，你別神經質！你開始思覺失調嗎？」他還刻意說笑。

「你才是冷血兼思覺失調！」國鏗噗哧一笑，心裏踏實多了。他知道自己很幸運，即使父母不在身旁，起碼還有子駿這位好朋友聽他說話，跟他說笑。

子駿為免國鏗擔憂父親的事，轉移話題：「美琪明天出院了，你會出席在程詩敏家的派對嗎？大夥兒慶祝美琪康復啊！」

「我不去了，我想留在家中等爸爸電話，而且我還得執拾家居。」

子駿賭氣地說：「那麼，我也不去了，我陪你在家打機。」

「你去吧，美琪喜歡熱鬧的。」

「我不要你一個人留在家裏。直航紐約要十二小

時，連同入境手續，謝叔叔要明晚才有時間給你電話的，我們去玩一會好嗎？」子駿哄他說。

國鏗點點頭，他想見見美琪和其他同學，但怕花錢而已。

巴士駛到他們住所附近的馬路，兩人下車後，子駿說：「明天我給程詩敏電話，然後一起到她家。」

「嗯。」國鏗想了想，問：「你借了多少錢給我爸爸？」

「謝叔叔回來後，自會還錢給我，你別多管閒事！」子駿將雙手插入褲袋，快步向大廈跑去。

國鏗喊道：「你少神氣，我正幫人補習，發薪水的時候代爸爸還給你。」

子駿停下腳步，回身對他說：「你真婆媽，明天再計算你的『婆仔數』吧！」

子駿和國鏗分別回到自己的家，前者立即梳洗睡覺，後者坐在沙發上沉思，不知道坐了多久，最終在沙發上睡着了。

聽到門鈴聲的時候，國鏗以為自己在做夢，門鈴聲不斷，他起牀開門，看見精神奕奕的子駿站在門外。

子駿說：「怎麼不換衣服睡覺？看你的黑眼圈加上蓬鬆的頭髮，真是一副生意失敗的破產相。」

話剛出口，子駿才覺失言——國鏗的爸爸正是生意失敗而破產的。幸好國鏗沒聽見，子駿連忙搭着國鏗的肩膊，把他推向洗手間，說：「快點刷牙洗臉吧！程詩敏說美琪、阿雪和婷婷都在她的家裏了，我們要比數王和班長早到哩！」

國鏗刷牙的時候，探頭出客廳，滿口白泡沫的問：「現在是什麼時候了？」

「昨晚睡得遲，我醒來便給程詩敏電話，才知道早上都過去了。」

國鏗對着鏡子自言自語：「昨晚睡得不好，我這樣子不好見人吧。」

子駿走近洗手間門邊，催促道：「你又不是美少女，誰在乎你好看不好看？你別像老太婆那麼嘮嘮叨叨，快快換衣服吧！」

國鏗換好衣服後，又坐在沙發上歎氣：「我不去了，我想等爸爸的電話。」

子駿使盡全身力氣拉他出門，說：「要是謝叔叔打電話找不到你，自然會找我的，他有我的手提電話號碼。你再這樣麻煩的話，我就把你送去老人院！」

國鏗和子駿坐在巴士上，國鏗想起讀小學時，爸爸給他兩兄弟買手提電話，媽媽還說小孩子不應用手提電話。想不到上了中學，大部分同學已有手提電話，偏偏自己想買卻缺錢。

車窗外的風景在流動，子駿說：「你猜程詩敏會買手信給我們嗎？」

「她要買手信的話，也先買給張美雪、宋美恩、婷婷和美琪啦，怎輪到我們呢？」國鏗說起學校的事情，心情輕鬆起來。

子駿自信地說：「說不定程詩敏暗戀我，給我買了手信。」

「你該找一盆水來照照鏡，即使小敏要暗戀別人，也該會暗戀我，怎也輪不到你。」

「叫小敏叫得那麼親切，你忘了美琪嗎？」子駿揶揄道。

想到美琪，國鏗心頭一暖，他不自覺的笑了出來。子駿看到他這喜滋滋的模樣，也沒有再說話。

小敏家的菲籍家務助理 Maria 前來開門，銀鈴般的笑聲從客廳傳來，幾個女孩在談笑，小敏看到他們便說：「你們看美琪是不是胖了？阿恩說她胖得像童話中的三隻小豬。」

阿恩和婷婷唱起廣告歌：「三隻白白豬，各自去搵屋……」

國鏗和子駿打量着美琪，不管她是胖了還是瘦了，看到她好好的，他們就高興。

美琪上學期在學界體操比賽中受傷，一條腿得打着石膏，住院連同回家休息了近一個月，雖然每個星期她要到醫院做兩次物理治療，運動量始終比從前大減了。常練體操的美琪在暑假少運動少曬太陽，如今白白胖胖的，活像可愛的洋娃娃。

小敏清清喉頭，說：「嗯，我買了手信。」

國鏗和子駿交換眼神，示意「早說她暗戀我」。

「F.3A 同學每人一份，加上班主任的，我共買了四十份手信，現在先給你們吧。」兩人無奈苦笑。

手信是印上「I ♥ NY」的原子筆，小敏說：「路經紐約買的，小小心意。」

子駿知道國鏗想到爸爸趕去紐約的事，為免他胡思亂想，便大聲問：「美琪，你的右腳痊愈了沒有？」

美琪輕按着膝蓋，說：「暫時還未能做劇烈運動，還得在家休息。」

門鈴響起，程卓民和班長一起來到，小敏笑說：「你們男生都喜歡像 Twins 那樣雙雙前來嗎？」

班長解釋道：「我在地鐵站碰到程卓民。」

程卓民接過小敏的原子筆後，雀躍地說：「好漂亮呀！」

「你這麼會說話，難怪老師那麼疼愛你，學業成績還那麼好。」婷婷說。

程卓民忍着笑，一本正經地說：「你這樣說會令人誤會我奉承老師，抹煞了我讀書的努力，我保留控告你誹謗的權利。」

「你別跟年年考第一的同學拌嘴了，要是將來他當上大律師，當心真會告你誹謗罪啊！」阿恩在沙發上笑説。

程卓民故作不是味兒：「你這算是諷刺我吧。自從去年張美雪轉來我們學校後，她考上了第一，我只考第二。」

「我們九月便升上中四，以後你讀理科，我讀文科，各有各考第一啊！」阿雪咬着雞翼説。

「你們算是炫耀嗎？」班長走近餐桌，也取了一隻雞翼，「你們看扁我們不會考第一，就是你倆天生一對的考第一嗎？」

阿雪失笑道：「嗯，你用錯成語了，我跟他怎可能天生一對？」

阿恩站起來，走近餐桌道：「別爭了，明年我考第一好了。」

「你才不稀罕哩！」阿雪和程卓民齊聲説罷，在四目交投的瞬間，阿雪感到面頰發熱。

「留給你們爭考第一，我才不要。」阿恩聳聳肩頭，她從不在乎學業成績的好壞。

同學陸續前來，大家都為美琪出院高興，也為收到小敏的手信而開懷，小敏家裏還有一桌子美食和說不完的話，中三的暑假在歡笑聲中走向尾聲。

國鏗滿懷心事，未待派對結束便跟小敏說：「我有事，先走了。」

小敏感到國鏗有點心不在焉，也不好勉強，說：「要司機送你嗎？」

「不用了，我乘巴士回家很方便。」

子駿站起來說：「我和你一起走吧。」

「不，你留在這兒玩好了。」國鏗說。

子駿不再堅持，讓國鏗獨自離開。

國鏗走出門外仍聽到同學的歡笑聲，但他要回家等候爸爸的電話。

直至深夜，國鏗才聽到爸爸在電話中沙啞的聲音：「我要留在紐約一段時間，明天你回校，看看怎樣為你的弟弟國鏘申請入讀中四，他要回港讀書，並和我們同住。」

國鏗呆住了，他想問為什麼，但不敢問，等了好一會，爸爸續道：「回來慢慢跟你說，你先為弟弟辦入學手續，我明天會寄出他的個人資料影印本。」

炎夏之都

阿恩在暑期結識了多名新網友，對她而言，結交網友好比吃飯那麼容易。

大概跟他們 MSN 五次後，阿恩就會約網友在尖沙咀星光行的快餐店門口見面。她從來只會取得網友的手提號碼，不會把自己的給他們。然後，約定以黑色汗衫和牛仔褲作記認，在眾所周知的位置等候對方，不怕等錯地點，她自覺很聰明。

阿恩遇過樣子兇惡、身上有誇張紋身的網友，她便裝成路人，即使網友刻意打量她，她仍若無其事的

在對方眼前慢慢走過，那網友也不敢叫她的名字。

這天看見手上抱着一本書的網友，阿恩上前打招呼，網友笑起來，兩人並肩走進快餐店。在擠擁的快餐店裏，自稱「三師兄」的網友說：「你很漂亮！」

初次見面，網友三句總不離「你很漂亮、你很美麗、你很斯文」之類，阿恩不認為這些讚美貼切，但恭維的話容易令人信以為真，她知道有些人就給這些簡單的甜言蜜語騙財騙色的。

「你也長得很英偉啊！」儘管眼前的男生跟英偉兩字相距甚遠，阿恩還是笑着回應。

「我叫文偉，我爸媽希望我英偉吧……可惜我不是。」阿恩倒喜歡他懂得自嘲。

「你呢？你叫什麼名字？」

阿恩隨口撒謊：「婷婷。」

「你讀哪所學校？」文偉輕托眼鏡問道。

很少網友關心對方讀什麼學校，阿恩覺得奇怪，隨口說出一間在學校那區的第三組別學校。

「啊，原來你讀旅港三水鄉平王陳發記夫人紀念中學。你明年要會考，需要補習嗎？」

阿恩故作緊張的說：「要啊！」

文偉把握機會，說：「我陪你上補習學校報名吧——有折扣的。」

阿恩眼珠一轉，好奇地問：「你有佣金的嗎？每帶一個人上補習社報名有多少佣金？」

文偉尷尬地回答：「要看那個人報讀多少科了。」從來沒有人即時知道他可以收回佣的，幾乎所有唸高中的網友都樂意跟他去報名，他們好像都得靠補習來面對公開考試似的，難道在學校讀書只是白花時間？

「你上網交友就是為了賺取補習社佣金？」

「你不要問了。我要賺錢交學費的，況且我沒有騙人。」文偉面有難色。

阿恩點點頭，沒有再問下去。起碼到現時為止，說謊的是她自己，而不是文偉。

在快餐店進餐後，文偉建議帶阿恩上補習社看看，阿恩婉拒了。文偉總算有點風度，陪她前往地鐵站。他們在路上閒聊學校的事，阿恩知道他在著名男校讀書，本來不用交學費，但學校轉直資私校以後，學生要繳付高昂的學費。文偉家裏負擔不來，他不想轉校，但成績又不足以申請獎學金，便只想到用這方法賺錢。

到達地鐵站後，文偉説要返回補習社領取支票，阿恩跟他道別後便離開。文偉突然從後喊道：「婷婷！我可以繼續跟你 MSN 嗎？」

阿恩一時間沒有意識到文偉正在叫她，直至文偉追到梯間輕拍她的肩，她才如夢初醒的解釋：「嗯，我在想明天回校補習的事，聽不到你喊我。」

文偉沒有懷疑，重複問一遍。阿恩笑説：「當然可以，我可以網上問功課嗎？」

「上學期還可以，下學期我要全力溫習，準備會考了。」

阿恩站在樓梯，好奇地問：「你有補習嗎？」

「有，許多名校學生都補習，大家像車衣女工那樣練習舊試卷，直至一看試題已懂得怎樣填寫答案為止。」

「你們不覺得付這麼多錢，操練考試很笨嗎？」

文偉認真地想了想，說：「或者有點笨，但要是考不上大學，到時候豈不是更蠢？」

阿恩不明所以的說：「你讀名校，應該有信心啊！」

「我有信心，但不容有失，我家負擔不起重讀一年的。」

阿恩剛想說話，路過的男人推開她，罵道：「回家才說吧，站在這裏阻塞通道！」

阿恩氣上心頭，文偉比她更快揚聲：「你不能隨便推人，快向這位小姐道歉！」

男人喝罵一聲，夾雜粗言穢語的辱罵他們。

尖沙咀地鐵站入口處人來人往，路人匆匆走過，沒有人理會他們。

文偉說：「你罵我好了，不能辱及他人。」

男人繼續用「問候別人母親」的髒話罵人，阿恩覺得他的精神有問題，連忙拉文偉走出地鐵站，偶然有好奇的路人看看他們，但沒有人上前制止。男人一

邊望向出口罵他們，一邊往下走向地鐵大堂，聲音愈來愈遠。

走出地鐵站後，文偉仍氣得七竅生烟，阿恩安慰他道：「別跟那莽漢一般見識。」

「你真懂得説話，不像王陳發記的學生。」

「要和你一樣讀名校才懂得説話嗎？」阿恩笑道。

「我不是這意思……認識你真好。」文偉看看腕錶，説：「我約了補習社的人，快遲到了！以為可以多帶一個客人上去……」

阿恩惱然道：「你把我看作客人？」

「我不是這意思。」文偉舉目四顧，「那個阿叔走了，你可以乘地鐵吧。」

阿恩點點頭，轉身離開。

「婷婷！」阿恩這次已有心理準備，文偉在背後叫婷婷，她便轉身回應。文偉笑説：「MSN 見！」

阿恩回答：「MSN 補習見！」

阿恩回到家裏，父母正為電視選台爭執。她逕自返回房間，在網上討論區輸入的一行字：「愛是什麼？」

網友紛紛回覆：「愛是愛情小說 ^.^　」

「愛是承諾」

「愛是天長地久」

「愛是不保留」

阿恩滿腹疑惑，在討論區問：「怎樣才算愛是不保留？」

有人上載歌詞，原來「愛是沒保留」是一首歌的名字，阿恩沒有聽過，只覺歌詞第一段和第二段都有愛情小說常見的文字，但第三段和第四段很奇怪……

誰人受痛苦被懸掛在木頭？
至高的愛盡見於刺穿的手；
看！血在流反映愛沒保留，
持續不死的愛到萬世不休！
惟求奉上生命全歸主所有，
要將一切盡獻於我主的手；

我已決定今生再沒所求，

惟望得主稱讚已足夠！

她不明白歌詞中「懸掛在木頭」和愛有什麼關係，她又剪貼了先前的問題，「怎樣才算愛是不保留？」

「怎樣才算愛是不保留？」國鏗看到這一句，感到這次討論跟先前的討論一樣無聊。世上有人愛他嗎？要是媽媽愛他，她會帶他一起離開，而非單單帶走國鏘；要是爸爸愛他，他會讓他知道更多事，不會說走就走，什麼都不讓他知道。

此刻只國鏗一人在家，他不知道這樣的家應否稱為家，根本感受不到家庭溫暖，也無法領會家人的愛。國鏗只有子駿的友誼，他沒有興趣討論愛是否不保留的問題。

他離開面對電腦的座位，到廚房倒了一杯水，再到客廳翻看桌上的郵包。那是郵差送來的急件掛號郵包，收件人是爸爸。

國鏗拿着郵包輕輕搖動，猜想盒內是一疊紙。回郵地址上有媽媽的英文簡寫，國鏗記得媽媽以前用爸爸的姓氏，英文簡寫是 A. Tse，現在用回她的姓氏 Lee，她也沒有用那個男人的姓氏了。

這是媽媽從紐約寄給爸爸的郵包，郵寄日期是爸爸突然前去紐約的那天，這相同的日期並非巧合，希望爸爸去紐約是為了跟媽媽復合。不過，他心裏知道這是渺茫的想法。

媽媽隨時可以給他們電話，卻一直沒有來電，可見媽媽無意跟他們聯絡。那麼，這郵包內是什麼呢？

國鏗將郵包放在窗前，陽光照射着郵包，卻透不出裏面是什麼。他躺在沙發上一會，感到無比寂寞，彷彿這個世界的人都遺棄他似的，那郵包令國鏗生出無窮想像。

不一會，國鏗起來吃過微波爐「叮」熱的珍珠雞，喝了果汁，回房再在網上搜尋爸爸到紐約前的新聞。只見有關紐約大罷工的報道，但網上新聞沒有提及大罷工那天，一名美籍華裔女子過馬路時遭汽車輾

過，當場身亡。

紐約報紙的報道較為詳盡，記者推斷假如沒有大罷工，美籍華裔女子便會駕車來回郵局，不用走在街上。要是沒有罷工，肇事的汽車司機會乘坐地鐵，根本不會駕駛……

那名司機自稱很久沒有駕車，因與幾個鄰居一起到唐人街辦事，只好由他駕駛。當時司機看見女人依燈號過馬路，他明明想刹車，卻誤踏油門。由於天氣炎熱，司機穿着的涼鞋無法即時踏回停車腳掣上，汽車高速衝過馬路，撞向守法過馬路的女人。

據目擊證人指出，死者剛從郵局出來，看來滿懷心事的等待過馬路。當汽車失控衝向她時，馬路上一片混亂，路人爭相走避，只有她一人失魂落魄地繼續向前走。途人高聲喊她，待她看見汽車的時候，汽車已撞倒她了，現場剩下一陣尖叫聲。

這是國鏘在第二天的日報看到的，他將報道剪下放進照相簿中。這星期叔叔帶他看醫生，餵他吃藥，並不斷問他：「你媽有什麼文件留給你？你媽有沒有將首飾給你？你媽媽給你……」

叔叔的聲音如一羣蒼蠅在耳邊飛來飛去，國鏘沒有搭理他，叔叔便將家裏翻來覆去，誓要覓得什麼貴重物品似的。國鏘只管躺在牀上昏昏沉沉，他想，媽媽喜歡整潔，要是她知道叔叔將家裏翻得亂七八糟，一定很生氣。然而，媽媽已經不會生氣了，想到這裏，不由自主地滑下眼淚來。

媽媽遇上意外的第三天，一個憔悴的男人來到家裏，叔叔叫國鏘執拾衣物，跟這男人離開。這男人有有點面熟，但國鏘想不起他是誰。

受到國鏘的拒絕，男人異常難過，他想到當年像日本人那樣「年中無休」的工作，冷落了妻子，更錯過了孩子的成長，難怪兒子不認他；如果國鏘並非長得跟國鏗一模一樣，做父親的也認不出眼前少年是自己的兒子。

叔叔再叫國鏘跟男人離開，國鏘氣鼓鼓地說：「我不走，這是我的家！」

叔叔冷冷地道：「這是我的家。」

「這是媽媽的家。」

「你媽死了，這房子是我的，這兒不再適合你住。」

「國鏘，跟爸爸回香港吧。」那個憔悴的男人突然說，國鏘呆住了。

離開香港以前，他和哥哥經常跟媽媽一起，很少看見爸爸，對父親近乎沒有記憶。現在長大了，心裏更不願跟他回去，他大聲說：「你不是我爸爸，我沒有爸爸！」

他走回自己的房間，不知道兩個男人在客廳說了什麼，後來叔叔走上來，在門外說：「你媽媽的葬禮在星期六舉行，而且我已幫你退學了，你在紐約無法生活下去，跟你爸爸回香港吧。」

「叔叔，」國鏘一臉眼淚的開門說：「我早已把你看作爸爸，你不要我嗎？」

「你走吧，我的女友會帶着兒子搬進來。」

「叔叔，我……」

「你走吧，」叔叔板着臉道：「別像你媽那樣哭哭啼啼，真討厭。」

國鏘忙亂間說：「叔叔，媽媽曾給我文件，你讓我留在這兒吧。」

男人眼前一亮，連忙堆起笑容說：「什麼文件？你快拿給我看！」

「嗯……文件……」國鏘無法接下去，看着叔叔的臉在一秒間變回冰冷陰沉，道：「你有文件才回來找我吧。」

剎那間，媽媽、叔叔和他三人初到紐約的情景湧上眼前：國鏘看見媽媽和叔叔的笑臉，他們一起去有「小唐人區」之稱的法拉盛吃日本料理，叔叔和他分享一份綠茶雪糕，還用手帕為他抹嘴。他在餐廳睡着了，叔叔抱他去停車場，他那時已經醒了，想叔叔多抱一會而裝睡。媽媽叫叔叔放下他，兒子長大了，很重。叔叔說快上車了，別驚醒他。他聽到媽媽愉快地說，難得你疼愛國鏘。叔叔回答，我愛你，你兒子即是我兒子。

國鏘在美國生活以來，一直把叔叔看作爸爸，此刻才知道他假情假意。媽媽驟然而逝，叔叔只想他快點離開，好讓他的女友和兒子搬進來。國鏘恍然明白媽媽為什麼跟叔叔吵架——叔叔不愛媽媽了，他早已另結新歡。國鏘已是多餘的垃圾，叔叔只想及早清理他。

後天是學校的棒球賽，國鏘不可以參加了；兩個月前參加的學校徵文比賽，他等不及結果了；同學哉絲的生日會不能去，彼得約他看籃球賽要爽約……

國鏘的世界一下子崩潰了，他感到整個世界再沒有他的容身之處，他甚至沒有勇氣反抗，不敢離家出走，只能伏在牀上放聲大哭，沒多久後，他聽到客廳傳來的吵架聲，然後是重重的關門聲。

國鏘從小愛看超人、蝙蝠俠和蜘蛛俠等電影和漫畫，故事裏有好人與壞人，他一直相信叔叔是好人，爸爸是壞人，因此媽媽才離開爸爸。他的價值觀也崩潰了，媽媽剛剛逝世，疼愛他的叔叔突然變成另一個人似的，他要趕走國鏘。一向是壞人的爸爸要接他回香港，但他怎能跟壞人一起生活呢？

良久沉寂後，客廳傳來郎朗的演奏，那是叔叔喜歡的唱片，他心情愉快的時候最愛聽鋼琴獨奏。國鏘不知道叔叔到底想怎樣，他太疲倦了，傾聽着琴聲，不知不覺地睡了，郎朗的琴音仍在耳邊縈繞。

郎朗的琴音在小敏的耳邊縈繞，這夜她跟爸媽前來欣賞郎朗在文化中心的演奏會。爸爸在開場前和散場後不斷跟高官和商人握手寒暄，但在演奏會中段卻睡了一會，在他剛發出鼾聲的時候，媽媽總能及時推醒她。小敏看見便想笑。

離開演奏廳的時候，小敏爸爸仍忙於跟朋友打招呼，小敏只好站在一旁。但見張美雪和她媽媽混在離場的人羣中，她便歡天喜地的上前。

阿雪看見她同樣高興，小敏問：「怎麼剛才不見你們？」

「我們坐在最後的那一行，該與你們相距很遠吧。」阿雪的爸爸早逝，媽媽大病初愈，家裏經濟仍

然拮据。

「早知道你們會來，我叫爸爸多買兩張票。」

阿雪禮貌地笑說：「我們買票也很方便的。」

「Auntie，你的面色很好啊！」小敏對張太太說。

「有心，健康還可以。」阿雪的媽媽曾患腎病，幸好病危之時得到善心人捐贈的腎臟，現在不用「洗腎」，但還得服用抗排斥藥。

小敏親切的說：「你們先來我家吃消夜，我再叫司機送你們回家，好嗎？你們家跟我家很接近啊！」小敏家境富裕，她住的高尚住宅區跟阿雪住的公屋只有數條馬路之隔。

「不用了，我們不習慣吃消夜。」阿雪見小敏還想說話，連忙說：「我要陪媽媽回家休息了，改天再說吧。」

小敏點點頭，跑回父母那兒。儘管尚未開學，父母已在商議小敏的學校假期去布吉島的事。小敏一家去年聖誕經歷了南亞海嘯，小敏猶有餘悸的說：「我們去別的地方吧，雜誌報道那兒有鬼哩！」

「我們要幫災民重建家園。」小敏媽媽輕撫着女兒的頭。

「捐錢就可以，爸爸不是捐過錢了嗎？」

「許多布吉島居民依賴旅遊業維生，捐錢只能解決一時的問題，長遠來説，讓遊客重回布吉島，才可令那兒恢復生氣。」爸爸説。

小敏憂心忡忡地問：「要是再有海嘯怎辦？」

「地理老師沒有告訴你嗎？當大地震釋放了地心的能量，起碼數十年後，才會在同一地點出現大地震。」

小敏仰望爸爸，覺得他很有智慧和愛心，不再是以前那個整天只顧做生意、不理會妻女的爸爸。她主動牽着爸媽的手走向馬路。這時，司機已將汽車駛近，非常敏捷地下車為他們開車門。

阿雪和媽媽往巴士站方向走去，阿雪解釋：「小敏説話總是這樣，她並非有意炫耀家境的。」

張太太説：「我曾教書多年，難道我看不出來嗎？你和小敏是好同學，有機會提點她吧。」

「我該叫她不要整天請客、送禮物或門票，抑或叫她別邀請人回家吃點心？」阿雪一臉困惑。

「你介紹一些好書給她吧。相信她可以從閱讀中學習的。」

阿雪挽着媽媽的手，説：「跟她相熟的朋友都知道她説話沒有機心，由她嘩啦嘩啦的説話不好嗎？」

「你們讀中四了，不再是小孩子，應慢慢學懂人情世故。小敏心地善良，很易被有機心的人欺騙。她那些言談，我們明白她自然不介意，但遇上心胸狹窄的人可能會介意的，最怕有些人討厭她又不表露出來，卻伺機令小敏難過。」

「沒有那麼複雜的人吧！」

「成人世界比我説的複雜多了，要不然，怎會有成語『笑裏藏刀』、『口蜜腹劍』等流傳至今？」

阿雪嬌聲説：「我不做大人了，我永遠做你的小女孩，你幫我分辨誰是好人，誰是壞人。」

「傻女，你會長大，媽媽會老的。」

阿雪頓感心酸，從小失去爸爸，自從媽媽患腎病後，又眼見她急速衰老，現在聽媽媽這樣説，仿佛提醒她，媽媽總有一天會離她而去。

她緊靠着媽媽繼續走，想説個笑話逗媽媽笑，一時想不起什麼，便説了不大好笑的話：「媽，你能康復真好，可以教我待人接物的事。不過，我也可以教你一件事……我們現在不説『笑裏藏刀』，只説『笑騎騎，放毒蛇』，你遇過這種人嗎？」

「媽媽忘記了，我只記得阿雪的笑臉。」

程卓民從不曾有過這種感覺，吃飯沒滋味，電視節目不好看，連最深愛的電腦遊戲都無法令他提起勁來，更別説溫習，連看小説也是翻來翻去，總停在同一頁，他心裏記掛着阿雪的笑臉。

「卓民，吃飯了。」印傭叩門喊道，家中只有印傭跟他説廣東話。

當牙醫的爸爸每星期有一天提早回家，他規定一

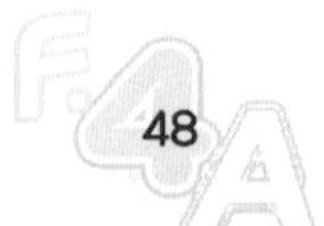

星期起碼有兩天家庭日，一家三口一起吃飯，這天他不接受黃昏後的預約；當醫生的媽媽今天早班當值，現在該也回來了吧。卓民父母向來不會隨便叩兒子的房門，好讓他有私人空間，他們一家三口總要走到客廳時，才知誰回來了誰沒有。

爸媽早已坐在餐桌旁等他，為了讓程卓民在英語的環境長大，家裏規定了要以英語交談，英語成為了他的第一語言。爸媽説，只要語文好、理解能力不差的話，應付試題就輕而易舉。

卓民正要坐到椅上時，媽媽笑着用英語提醒他洗手——每次洗手連手腕也要洗乾淨的。卓民連忙洗手，並向父母匯報這幾天的課外活動，爸爸問他上學年考第一的女同學有什麼課外活動。

卓民用英語回答，那位女同學家裏領取綜援，她媽媽剛做了換腎手術，也許遲點出來工作，到時候才有餘錢參加課外活動。

媽媽讚賞道：「Good girl ！」

卓民還想多談阿雪的事，但英文詞語不夠用。他心想，在家使用英語是一種溝通的限制，令他無法用最貼切的母語表達自己，要是爸媽都讓他用廣東話聊天多好，他有許多話想說。

因為爸媽的信念是人人平等，即使家務助理也可同桌吃飯，不用等主人剩下飯菜拿回廚房吃。印傭端上飯菜後，也坐下一起進餐。

現職醫生的媽媽規定，用膳期間不許說話，以免噎着。他們飯後才會坐在客廳聊天，卓民很珍惜這段飯後的時間，他喜歡聽爸媽唸中學時的趣聞，也喜歡聽他們的留學故事。

媽媽問卓民，全級考第二可會失望，他說沒有，下次考試再努力就是。媽媽跟爸爸笑說可節省看精神科醫生的費用。她說同事的女兒從小考第一，父母沒有給她壓力，但她要求自己保持第一，有一次考第二，無法接受這樣的自己，精神崩潰了。

卓民猜到媽媽話中的大意，但聽不懂部分英文醫學名詞，他心想，阿雪跟媽媽可會用英語交談？若沒有，她的英文成績為什麼那樣好？

為了英語有更大的進步，美琪和婷婷正在跟婷婷爸爸的好友閒聊。這位朋友由英國來香港工作，婷婷的爸爸邀他回家吃中國飯菜，順道跟女兒閒聊。

這個英國人的名字是傳統聖名約瑟，他說出世沒多久就領洗了。約瑟二十六歲，工商管理系畢業，首次前來陌生的東方工作，婷婷的爸爸為免他寂寞，經常約他回家晚膳。約瑟要回請他吃飯，婷婷爸爸為免約瑟感到虧欠，便叫他多點跟女兒聊天，讓她習慣聽說英語。

約瑟覺得香港的少女比英國的害羞，但很可愛，而且英語程度甚高。幾次晚飯以後，約瑟跟婷婷便已談笑甚歡，想不到這天來了一個像中國的瓷器娃娃似的少女美琪。

當約瑟知道美琪的英文名是 Maggie 時，他說 Maggie Cheung 的演技很出色，婷婷和美琪相視而笑，她們不曾看過張曼玉演戲，倒知道有位當紅模特兒叫 Maggie Q，她正在參演湯告魯斯的 M：I：III（港譯《職業特工隊III》)。

飯後，婷婷說要帶約瑟四處逛逛，順道送美琪回家。爸爸不願外出，只叫婷婷回家時乘計程車，別再乘地鐵。

約瑟覺得婷婷的英語水平比美琪好，雖然他沒說出來，但婷婷從他的表情已意會到。婷婷維護好友，告訴約瑟美琪的英語比一般香港中學生好，只是由於自己有補習老師張叔叔長期教導，英語才說得那麼流利。

約瑟問婷婷：「張叔叔還有給你補習嗎？」

「張叔叔到了陝西教書，他教的是山區的失學兒童。」

約瑟驚呼：「啊，張藝謀鄉土電影那些學生！」

她們笑着點頭，約瑟沒料到香港的中學生認識張藝謀。

美琪問他：「你喜歡中國電影嗎？」

「喜歡真實描寫中國的電影，不喜歡那些飛來飛去打架的。」

兩個少女面面相覷，她們正正喜歡《臥虎藏龍》之類的打鬥場面。

他們來到美琪家附近，好些水果檔還在營業，約瑟看到一大堆榴槤，問婷婷那是什麼。

婷婷想不到榴槤的英文怎說，只將廣東話讀歪一點說成 Lau-Lin，約瑟皺起眉頭，一臉疑惑地盯着這個極像攻擊性武器的水果。

他們三人站在檔前，小販上前說：「好靚的『金枕頭』，給你們打開來嗅嗅吧！」

美琪點頭說好，她正想買榴槤給爺爺和爸爸吃。

約瑟看着小販一下子將榴槤分成兩半，非常好奇，小販便將半個榴槤遞到他面前。約瑟的鼻尖湊近榴槤，深深吸一口氣，想認識這種水果的香氣。豈料果肉傳來的是一種濃烈的臭味，深深吸下果香後，但覺眼前一黑，昏了過去。

小販一手拿着榴槤，一手扶住他，婷婷連忙拉來椅子，美琪為他搧風，場面極為狼狽。

嘩！

小販問：「他沒見過榴槤嗎？」

「應該沒有，他是第一次來香港，第一次來亞洲的。」

「哎喲，早知道不遞得那麼近了。幾年前有兩個外國人在『果欄』吸了幾口榴槤味，一個暈倒，一個不適送院呀！」小販莞爾。

約瑟醒過來，只見美琪與婷婷正大笑不已，用他不懂的語言跟小販說話，他不知道美琪說：「沒有那麼誇張吧！」

「誰說沒有？報紙都有報道哩！在『果欄』取貨的小販都知道這件事。」

婷婷伺機幫美琪議價：「你的榴槤嚇暈了我們的朋友，就賣便宜一點吧！」

「他醒來就好了，真怕要報警，浪費我做生意的時間。好吧，你們買榴槤，我送芒果。」小販將榴槤放進膠袋，美琪隨即說：「芒果不用袋子了，我拿着回家就可以。今天忘了帶環保袋，要不然……」

婷婷打斷她的話：「要不然你把芒果放在袋裏，

手執榴槤，遇到小偷可當流星槌！」

約瑟清醒後，一直站得離生果檔遠遠的地方。

美琪笑起來，一手挽着一袋榴槤，一手拿着芒果的跟他們道別。

美琪想起什麼似的回頭走近約瑟。

約瑟看見她手中的榴槤，不住往後退，美琪只好站着說：「I'm so sorry.」

約瑟的眼神還是充滿恐懼，美琪覺得他的表情有趣，忍不住發笑。

約瑟有點生氣，美琪連忙送上芒果說：「I give you a mango.」

約瑟沒有接過，婷婷將芒果從美琪的手交到約瑟手中，不忘取笑他說：「Mango, you know. You can smell it now.」說罷，她們大笑起來。

約瑟既好氣又好笑的接過芒果，想不到香港的少女這麼頑皮，跟他以前的小學同學一樣貪玩。她們看約瑟急欲遠離榴槤的樣子，又笑起來，約瑟只好大方地問她們剛才是否顯得很笨拙。

婷婷解釋曾有洋人因近距離嗅榴槤而不適入院，並讚賞他算了不起，起碼不用報警送院。

美琪笑盈盈的跟他們道別回家，約瑟低聲問婷婷可會吃那奇怪的水果。

婷婷説很多人喜歡吃榴槤，可她不吃，因為她覺得榴槤的味道像貓糞。約瑟笑着點頭，表示有同感，只是不好意思説出來。

婷婷説張叔叔教她待人要坦誠，約瑟微笑，沒有説父母教他別隨意表露內心感受，不能隨便讓人知道自己的心意 。

婷婷揚手截了街車，先送約瑟返回公司替他租的酒店式住宅。約瑟堅持先送婷婷回家，婷婷沒有理會他，以廣東話跟司機説出兩個地址，並請司機先送他回酒店。

約瑟答應他會儘快學好廣東話。

盛放的花

升上中四，本來F.3A的同學主要分為文理兩班，阿雪、婷婷、美琪、小敏、阿恩和國鏗等修讀文科班，升讀F.4A；子駿、程卓民、班長、數王、張思琪、李灝泉、郭欣桐和黃佩珊等選理科班，升讀F.4B；還有一班選文商科的F.4C，只有顧欣盈一位F.3A同學升到F.4C去。由於中四比中三少一班，除了F.3A全班學生可以升班外，部分中三學生不能原校升讀中四。

阿雪是中三插班生，入學一年後很快適應了新的

學習環境，並重新認識了一班新同學。

今天是九月某天，吃午飯的時候，五個女生談到升上中四後的生活，小敏老說不習慣：「明明一起讀書三年，現在我們和其他 F.3A 同學天各一方。」

阿恩笑說：「你亂用成語，這怎算天各一方呢？」

「其實我想選理科的……我喜歡文學和物理，不明白為什麼硬要我們在文科和理科之間任擇其一，不能讀一些理科科目，一些文科科目。」婷婷最後還是選擇修讀文學的文科班。

「這就是了，我選了文科班，將來做不成醫生了。」美琪也有同感。

「你做醫生的話，我一定不會光顧你，以免你將瀉藥誤作傷風丸給我。」婷婷說。

美琪想笑，但裝作認真嚴肅的說：「你誣衊我，將來程卓民做了律師，我叫他給你發律師信。」

「也許我先掛牌做律師，我可以幫你發信。」阿雪笑道。

阿恩頑皮地說：「你也想做律師嗎？跟程卓民心

意相通哩！」

「誰跟他心意相通？」阿雪面頰火燙似的熱，忙不迭的說：「我本想當醫生，不過我怕血，而且我自覺語文才是自己的專長，才想到做律師而已。將來的事那麼遙遠，我還會隨時改變心意的。」

餐湯送來了，五個女孩忙於喝湯吃麪包，沒有繼續話題。當餐湯喝完，主菜未到的時候，美琪輕輕道：「聽說謝國鏗的弟弟來了讀書。」

「我知道啊！他跟謝國鏗是雙生兒。」小敏說。

「他叫什麼名字？」阿雪問。

「我聽陳子駿說，他叫謝國鏘。」美琪想了一想，補充道：「陳子駿那天問我可會參加體操隊，我們才談到這些事……我跟他不太熟稔。」

「我猜，他們的父母喜歡看時事節目《鏗鏘集》。」阿恩說。

四個女孩笑起來，只有美琪神色凝重，沒有說話。主菜一一來到，她們吃至餐茶以後，美琪才說：「嗯，聽陳子駿說，謝國鏗的媽媽撞車死了，他的弟

弟才回來香港讀書。學校本來不接受中四插班生，不過他爸爸向校長求情，校方才讓他們兄弟一起讀書。」

「謝國鏗的心情一定很差了，我們買一份禮物送他，逗他開心好嗎？」小敏眼珠一轉，續道：「不如送他最喜歡的球衣，我可以付全費的。」

阿雪搖頭說：「他未必需要禮物，也許我們送他一張心意卡吧。」

「可以用網上 E-card 的。」愛上網的阿恩說。

「我們親手寫字和簽名較好。」美琪說。

小敏懊惱地問：「有什麼合適的心意卡呢？」

「外國有 Empathy 卡，卡上設計的字句都有感同身受的意思。我們或者不能幫助他，但我們可以表示明白他、支持他，讓他感到不孤單。」阿雪道。

「阿雪真不愧是我們的才女，我都沒想到有這種卡。」婷婷說。

「我並非特別聰明，不過媽媽病危的時候，我收到這樣的卡，那是舊同學送給我的。當時我以為全世界只有我面對這種困難，收到卡後才知道，原來身邊有許多人支持我。這種心意，比有人送我一面金牌更貴重。」

阿恩吃吃地笑：「我寧願要金牌了。」

她們結帳後，在商場的禮品店挑了一張印了一朵水仙的英文心意卡。

阿雪建議道：「在心意卡上寫『我們永遠支持你』，好嗎？」

「現在沒有人用『永遠』兩個字了！」阿恩說。

「那不過是長久的意思，就這樣寫吧！」美琪說。

阿恩聳聳肩，表示沒有意見，其餘同學附和，阿雪便寫了這七個字，再傳給她們簽名。

下午第一節課是數學課，阿恩仍是喜歡看着窗外發愣，只是風景跟中三的不一樣，她開始懷念從前常看到小鳥飛過的大窗子。

婷婷用曲別針附着一張紙和卡，請同學簽名並不

要傳給謝國鏗，同學待老師轉身在黑板寫筆記時，才偷偷傳出。小息時，心意卡剛傳到黃子青那兒，為免國鏗知道，她悄悄將卡夾在書內。

黃子青由 F.3B 升上 F.4A，她還未認識班上所有同學，於是她走到老師的書桌，看見貼在右上角的座位表，知道謝國鏗是誰，才在慰問卡上寫下「雖然不認識你，但會支持你」。

國鏗感到生命糟糕透了，媽媽突然離世，爸爸帶同弟弟回來以後，弟弟把他看作仇人似的，至今仍未跟他正式説過一句話，只在必要時點頭、搖頭，或木無表情的瞪他一眼，令他感到自己是天下間最可笑的人。

由於早前有兩個選修理科的同學出國留學，F.4B 騰出了兩個學位，可讓子駿開學時改選理科，與灝泉同樣讀理科，國鏘也順利修讀理科！

人家都説成績好的男生都應該讀理科，但國鏗喜歡讀文學和歷史。

子駿和灝泉不在 F.4A 教室，國鏗有一種孤獨

感，這刻，他發現同學無緣無故排斥他——那張傳閱中的紙卡，沒有傳到他手中。國鏗心想他們相約去玩而不想他去，所以故意不讓他知道。

放學時，國鏗在收拾書包，美琪前來給他一個信封，信封上簽滿了名字，國鏗心裏很不是味兒，他問：「傳了大半天，現在才輪到我嗎？」

「這是給你的，沒理由要你簽名給自己啊！」美琪笑說。

相熟的同學都圍過去，婷婷說：「你快打開看看吧！」

「我回家才看。」國鏗覺得同學今天的表現很古怪，不願在他們面前打開信封。

小敏嚷着說：「快看呀，別婆婆媽媽！」

「你們別這樣，讓謝國鏗回家才看吧。」美琪隨即說。

國鏗滿懷感激地看着美琪，只覺她很是體貼。

小敏怨道：「你總是護着謝國鏗。」

幾個同學起哄取笑美琪，國鏗拾起書包轉身離開。

理科班還沒有放學，為免弟弟遇見自己而不高興，國鏗決定不等待子駿，自己先行回家。他坐在巴士上層，打開信封，美琪的簽名映入眼簾，逐一細讀同學寫下的鼓勵，國鏗漸覺視線模糊。

原來同學知道了國鏗家裏的事，有的同學在信封內，有的在心意卡的內摺頁，寫下關心他的話兒，看着看着，淚水點滴落下。他記得小時候跟媽媽和弟弟乘巴士，媽媽説小孩子不能老在太舒適的環境長大，要多乘巴士，體驗不同階層的生活……現在，他每天都乘巴士上學。

回到家裏，爸爸坐在客廳發愣，國鏗以為爸爸從紐約回來以後再失業了，不敢説什麼。他換過衣服，説：「爸爸，我到超級市場買菜，有什麼要買嗎？」

「不用了，你也別忙，過來跟我説兩句。」

國鏗跟爸爸並排坐在沙發上，大家沉靜一會後，爸爸説：「我辭職了，要再去紐約辦點事，你想去看媽媽的墓嗎？」

想起媽媽，國鏗心裏一陣絞痛，他咬咬嘴唇，說：「我剛開學，不想請假，況且媽媽的墓不會消失的，我總有一天會去看它。」

「你真懂事，我還是直接跟你說吧。」爸爸到房間取出一疊文件，那是媽媽寄來的郵件，國鏗一直想知道裏面是什麼，現在爸爸主動拿出來，他緊張得手心冒汗。

爸爸將一疊英文文件放在國鏗面前，國鏗能看懂百分之八十的英文，並知道那是媽媽購買的大額保險單，他問爸爸：「媽媽為什麼寄給你？」

「大人的事，你不要知道太多。簡單來說，她買了保險，受益人是你和國鏘，由於你們未滿十八歲，信託人便寫了我的名字。」國鏗想問關於那個叔叔的事，但見爸爸的表情，他不敢作聲。

「我要到美國領保險賠償，也許要納遺產稅，也不知道要在那邊待多久？」

「弟弟知道嗎？」

「別讓他知道，以免他胡思亂想。」爸爸想說國鏘有錢的話，一定會搬走，但他沒有說出來。

「你會怎用這些錢？」

「我想跟你商量，現在家裏經濟好轉了，我想用這筆錢還清債務、取消破產令，並重新計劃做生意。」

「我贊成還清債務，不過……」

「你怕我花光你們的錢嗎？」

「我也希望家裏有錢，但國鏘會不高興的。」國鏗吸一口氣，問：「保險公司會付支票給你嗎？我和弟弟才是受益人呀。」

「我是信託人，就算花光你們的錢，保險公司都沒有責任。但你們可以循民事訴訟控告我。」

「爸爸，我不會控告你的，但我擔心……」

「我會將你讀大學的費用先存入你的戶口。唉……我曾破產，借錢做生意較難，你會給我這個機會嗎？」

國鏗點點頭，說：「既然媽媽信任你，讓你做我

們的信託人，我當然也信任你。」

「我離開這陣子，你得替我照顧國鏘，他的脾氣差，你讓讓他吧！」

國鏗為難地說：「他回來後都沒有跟我說話。」

「我跟他乘飛機回來的十多小時，他也沒有跟我說半句話。」

「媽媽為什麼突然寄這些給你？」

爸爸沒有回答，只遞上一封信：「這是媽媽給你的，我待你心情平復才拿出來。」

國鏗接過這封信，彷彿又看見媽媽的笑臉。為免在爸爸面前哭泣，他點點頭，強裝鎮定的走回房間。

鏗鏗：

媽媽知道自己並非盡責的母親，如果你依然生氣，遲點再讀這封信好了。

媽媽準備和鏘鏘回來香港居住，只是還未跟鏘鏘商議，但我們會儘快成行的。我不能陪你過十五歲的生日，希望可以陪你過十六、十七、十八歲的生日，直至媽媽老了，還可以陪鏗鏗過生日。

媽媽學會焗製生日蛋糕了，你還喜歡超人迪加嗎？媽媽答應回來後，給你弄一個美味的超人迪加蛋糕。

當日帶着鏘鏘離開是媽媽自私，我曾多次按了以前家裏的電話號碼，聽到幾聲電話響已掛線。有一次聽到你接電話的聲音，媽媽多想跟你說話，但我害怕你還未原諒我。

就算你不喜歡媽媽，媽媽也希望你和鏘鏘回復相親相愛的兄弟關係，我不應該帶走鏘鏘，讓他失去父愛和兄弟之愛。

我令你爸爸破產，又變賣他的物業，拿走他的所有，相信他一輩子不原諒我了，我也不奢望得到他的原諒。只是，媽媽讓你捱苦了，我連跟你說聲「對不起」的勇氣也沒有，只敢寫下這封信，如果你原諒我的話，可以直接給我電話，媽媽的手機號碼是××532769，媽媽會一直等你的。

你不必按郵包上的回郵地址給我寫信了，我很快會和鏘鏘搬走，媽媽很掛念你，只要你給媽媽電話，媽媽隨時在你身邊出現。

媽媽再向你說一句：對不起，鏗鏗。

永遠愛你的 媽媽

國鏗拿起電話，按了媽媽的手機號碼，聽到電話錄音說這號碼無人登記，他一邊抹眼淚，一邊向聽筒說：「媽媽，媽媽，我是鏗鏗呀。我沒有怪責你，我沒有，我真的沒有！你回來吧，媽媽，你為什麼不回來？媽媽……」

爸爸在客廳隱約聽到國鏗的哭聲，他走到兒子的房間叩門。片刻以後，國鏗拭去淚水，走出來開門。

爸爸看見他的模樣，輕撫他的頭髮說：「媽媽永遠跟我們在一起。」

國鏗點點頭，他給爸爸讀信。爸爸快速地看一遍，不能言語，只管拍拍兒子的肩膊，將信放在書桌上，默默回到客廳去，他頹然坐在沙發上心如刀割，但已流不出眼淚來。

國鏘心裏有說不出的鬱悶，想哭卻哭不出來，子駿跟他說：「一起乘車吧。」

他瞪了子駿一眼，沒有理會對方。子駿生氣道：「你就是這樣欺負國鏗吧。你和你媽媽在外國過着富裕生活，可知國鏗連買電子辭典的錢都沒有，還被冤枉偷錢。」

國鏘冷冷看他一眼，還是不搭理他，他覺得香港的學生真是老套。他想念紐約不用穿校服的生活，而且校園又大，十多二十個學生一班，不像香港那樣四十個人擠在課室。他不喜歡這學校，更沒有興趣參加課外活動，沒有興趣認識新同學。

「喂，你聽到我説話嗎？我不像你哥哥那樣好脾氣，我不會遷就你的！」

國鏘説了一句英語粗話。子駿推他一把，國鏘掄起拳頭揮向子駿，灝泉剛巧經過，他跑上前問：「國鏗，你幹嗎跟子駿打架？」

子駿擋了國鏘一拳，沒好氣的説：「他是謝國鏘呀！」

「子駿，要幫手嗎？我早就想打這反骨仔了。」

「你説什麼，誰是反骨仔？」

「灝泉説得沒錯，國鏗天天捱麪包，將最好的留給你，你卻不理會他，這不是反骨仔是什麼？」子駿

生氣道。

國鏘沒有説話，狠狠瞪他們一眼，拍拍身上的灰塵，自顧自走了。

子駿悻悻然地説：「別理他，我們走。」

「你能分出謝國鏗和謝國鏘嗎？」

「他們在家的衣服不同，國鏗的衣服便宜多了。不過他們穿上校服之後，連我也分不出來，我只知道跟我們同班的是謝國鏘，F.4A 的是謝國鏗。」

「他們長得那麼相似，不知道他們的媽媽怎樣分辨？」灝泉説。

子駿靜了下來，灝泉才想起自己説錯話，不知怎樣説下去，走到路口，便跟子駿説再見。

子駿説：「謝謝你剛才幫忙。」

「我沒幫忙呀。」灝泉大惑不解。

「要不是碰到你，待會兒讓老師看見我們打架，肯定給記大過。」

灝泉揚揚手上的手機，説：「我拍了你們打架的片段，待會兒上載到網上給老師看。」

子駿站定，笑說：「你還未開手機哩！別忘了我物理拿 A 等，老師讚我觀察能力強。」

灝泉笑起來，朝另一方向走。子駿走到巴士站，看見國鏘還在等車，由上車、下車到回家，他們如陌路人般各走各路。

國鏘開門回家，看見爸爸坐在客廳沙發，便逕自返回房間。他在美國住的房子比整個單位大，他不習慣跟國鏗同房。換過衣服後，國鏘啟動電腦上網，沒有留意國鏗躺在雙層牀上裝睡。

國鏗將媽媽的信放在枕下，想起媽媽到幼稚園接他們放學，想起媽媽烹調的美食，想到媽媽的笑臉，想到媽媽的絕情……眼淚沿眼角流向髮際，再流到枕上。

國鏘也有一種傷感，他想起媽媽帶他到美國，想起媽媽陪他找學校，想起媽媽帶他學大提琴，想起媽媽親手焗製的生日蛋糕，想起媽媽微笑着堅持出外寄信……眼淚沿臉頰流到腮邊，滴在大腿上。

門外先有叩門聲，他們聽到父親說：「我到樓下

買飯去。」

他們都沒有作聲，以免讓對方察覺自己在哭泣，但因着雙生兒的微妙感應，他們早已知道對方的心情。

謝先生先到陳子駿的家，陳太太正在廚房洗菜，她連忙放下家務，給謝先生一杯茶。

寒暄幾句後，謝先生説：「謝謝你們經常代我照顧國鏗……」

「別客氣，大家左鄰右里，理應守望相助，況且國鏗是子駿的好朋友。」陳太太同樣樂於助人。

「我準備出門一段時間，這兒有幾千元，希望你幫忙照顧國鏗國鏘兩兄弟的伙食。」

「多兩個人不過多放兩雙筷子而已，你收下這些錢吧。我會每晚叫他們過來吃飯的。」

「你收下吧！」謝先生將現鈔放在桌上推前，陳太太又推回去。

「我很快會還清債務、撤消破產令，這點錢你可別推卻。」陳太太像被他說中心裏所想的，感到不好意思，一時間不知道說什麼，謝先生已轉向子駿說：「你是國鏗最好的朋友，希望你多多關照國鏘。」

「我豈敢關照他！」子駿憤然地說。

陳太太忙道：「子駿不懂禮貌，謝先生別怪他。」

「國鏘不懂禮貌才是，媽媽突然離世，他很傷心，希望你體諒他。」謝先生把一個信封交給子駿，再說：「上次匆匆忙忙趕赴美國，向你借了五千元，現在本利歸還。」

子駿不知怎辦，陳太太說：「你收下吧，用來請國鏗國鏘到主題公園玩吧。」子駿這才接過信封。

謝先生向他們告辭，陳太太問：「今天晚上過來吃飯好嗎？」

「謝謝了，但我想買薄餅給他們兄弟吃。得到你們的幫忙，我下月出門可放心一點。」

「遠親不如近鄰嘛。」陳太太親切地說。

謝先生離開後，子駿說：「真是不明白，謝先生和國鏗那麼友善，為什麼國鏘卻像變壞了的

X-Man ？」

「子駿，你這是身在福中不知福。如果你突然失去媽媽，你會怎樣？」

子駿無法想像沒有媽媽照顧的人生，看着媽媽無言以對。

陳太太雙手握着子駿的手，說：「國鏘先是離開爸爸，跟媽媽到美國生活，現在卻一人回來，失去了媽媽，沒有朋友，要跟爸爸和哥哥重新建立關係。他一定很寂寞了。這是人之常情，你要好好跟國鏘做朋友啊！」

子駿緊握媽媽的手，說：「媽咪，答應我，不要突然離開我！」

「傻孩子，生命不在我們的手中，媽媽不能答應你。待你長大後，也許還會嫌我和爸爸麻煩哩！」

「媽咪，我會照顧你們到一百二十歲的。科學家說，人類應可活到一百二十歲，我將來會努力工作、賺錢，買一所漂亮的房子給你和爸爸享福。」

「油嘴滑舌！你勤力讀書，不用媽媽擔心成績，媽媽已經開心了。將來別要我和爸爸給你買大屋娶老婆，已經很好了。」

「哪有人這樣説自己的兒子！」子駿撒嬌道。

「你看你，長得比媽媽高了，還像個小孩子。你得成熟一點，交朋結友要謙讓大方啊！」

「我明白了，我會體諒國鏘，和他做朋友的。」

婷婷把張叔叔視作知心好友，今天收到他從陝西寄來的信，她在客廳興奮得跳來跳去。

婷婷曾寫信問張叔叔，為什麼她什麼都不缺，但總是不快樂。她等張叔叔回信等了多天，可恨陝西的郵務，沒有空郵，沒有速遞，只能寄平郵掛號。張叔叔曾在信上説，他現在教學的地方有點像張藝謀電影《一個都不能少》和《我的父親母親》的場景，甚至比戲中的更落後。張叔叔有時將香港的消炎藥、文具帶給學生或學生的父母，婷婷也會協助郵寄。

婷婷看了這兩套電影的影碟，無法想像世上會有更落後的地方，她問爸爸為什麼張叔叔要去那無水無

電的鬼地方，爸爸囑她在信中自己問張叔叔。

婷婷：

開學了，功課忙嗎？

這天我的學生小袁給我一個番薯，我真的高興，那是他親手種的，我用來煮番薯粥給大家吃。

你問我怎樣才可以快樂，我想快樂是靜賞雨後白雲，快樂是看一本好書，快樂是呷一口茶，快樂是跟身邊的人分享一切，快樂是看到學生進步，快樂是心裏永遠充滿感激。

我雖然沒有信仰，但喜歡看《聖經》的道理。《聖經》說：一粒麥子不落在地裏死了，仍舊是一粒；若是死了，就結出許多子粒來。〈約翰福音〉12章24節

我的一切將會及身而止，我的知識將會隨我的死亡消逝，不過，當我將我的知識傳授給陝西的小朋友以後，他們就會教導其他渴求知識的小朋友，我希望盡自己每一分力，使中國沒有文盲。

山區的學生需要我，這兒只有我一個英文教師，他們接受教育以後，會將我的知識

傳播開去，如滿田麥子收成一樣。雖然這兒也有懶惰的學生，但我來到這兒教書，始終是一件令我感到異常快樂的事。

婷婷，記得小學的班主任在我的紀念冊寫下這四句，我現在寫給你，你可以寫給其他朋友分享。

青春是瓶裏的鮮花，
虛榮是天上的雲霞，
苦海是人生的代價，
努力是我們的歸家。

張叔叔

婷婷對着信紙喃喃自語：「張叔叔，我問你怎樣能快樂，你卻説苦海是人生的代價，要在苦海找尋快樂，很難啊！」

婷婷將那四句寫上她的網誌，順道電郵給幾個好友，阿恩收到電郵後，隨即給婷婷 MSN：「我最憎努力，難怪不想回家＞＜」

婷婷笑起來，回答：「你上課看雲看天，我現在

知道你貪慕虛榮了 :P」

當婷婷跟阿恩在網上閒聊之時，有網友在她的網誌留言：「青春是無錢去打機，10A 是天上的雲霞，苦海是教室大監獄，努力是進貢補習社。」

「青春是護膚品廣告，虛榮是排隊買名牌，苦海是幾十份功課，努力是考試無間地獄。」

婷婷的網誌要登記才可留言，留言的都是她的同學朋友，沒有什麼誇張言論，不比其他網絡的陰暗角落，網民到處胡亂留下粗鄙可笑而不必負責任的文字。

小敏在婷婷的網誌看到這些留言，認真地寫下：「經過去年海嘯後，媽媽少買名牌，多了陪我，我們比從前快樂。」

早熟的愛

國鏘不喜歡在香港上課，不但校園面積小，實驗室設備跟紐約高校的相距甚遠，教室擠滿人，老師總是匆匆忙忙的教書，學生變成日夜操練試題的機器，這樣的學習生活，就算讓他會考考得十優，他都不會開心。

最要命的是香港學生幼稚，他現在的同學只會談論電視劇、電腦遊戲和藝人。記得第一天上課，就有許多好奇的同學說他跟哥哥長得一模一樣，像雙生兒的歌手組合 Solar，又說他們是真正的男版 Twins，然後說他們跟雙生姊妹歌手 Janice 和 Jill 挺相襯，有同學問他將來可會當歌手，更有同學約他放學去唱K。國鏘認為高中學生不應這般無聊，更不喜歡同學把他跟國鏗作比較。

在紐約唸書的時候，國鏘會跟同學閒聊霍金的《時間簡史》，就算看不明白，大家都喜歡討論地球自轉就是一天，要是超人逆地球自轉的方向飛去，他可以飛到昨日嗎？假如超人能以一分鐘順着地球自轉方向飛一天，他可以用一分鐘時間飛到明天嗎？

紐約的同學愛讀科學普及書籍，即使相約在其中一個同學家裏打機，也會閒聊怎樣設計新的遊戲軟件。喜歡文學的同學自會主動閱讀文學書，同學間更有小型讀書會，不必像香港的學校那樣，煞有介事的推介所謂「好書」。國鏘在書店翻過幾本「中學生好書」，認為都是小學生程度。

英語是國鏘常用的第一語言，他的成績自然理想，但他的中文和數學遠遠低於全級的平均水平，令他很是苦惱。多年沒有上中文課，他根本不知道老師在課上教什麼，更遑論那些文言文選讀，他預計中文測驗要交白卷了。

子駿坐在國鏘附近，留意到他上課時神情呆滯，料到他不明白老師所說的。下課的時候，子駿隨手將筆記本放在國鏘桌上，漫不經意的說：「謝國鏘，幫幫忙，看看我有沒有漏抄筆記。」

國鏘沒有回答，將子駿在堂上寫下的筆記摘要，抄寫在自己的筆記本上。

灝泉在廁所碰見子駿，一邊洗手一邊問：「謝國鏘的態度那麼差，你為什麼幫他？」

子駿認真地說：「假如我到美國升學，追不上學習英文的進度，我會希望有同學幫助我。」

「你借筆記給他，他連謝謝都不說，也沒有基本的笑容，如果我是你的話，就不會幫這種人。」

「或者他習慣說英文……」子駿繼續維護國鏘，灝泉打斷他的話：「他連 Thank you 都沒說啊！」

國鏘的確沒有禮貌，但子駿體諒他的家庭驟變，也不爭辯下去。

他們離開洗手間的時候，國鏗剛巧經過，子駿問他：「今天準時放學嗎？」

「我參加了閱讀小組，今天第一次聚會。我放學後要上圖書館，你先回家吧。」

「今天放學後，我開始練習體操，如果我先練完，便到圖書館找你；要是你先走的話，來室內運動場找我吧！」

「好啊。」國鏗步入洗手間，灝泉和子駿返回班房，灝泉忍不住說：「你比國鏘更像國鏗的雙生兄弟。要不是跟你們相熟的話，還以為你們是同志！」

「神經病，你將國鏗媽媽的手錶送回給他，我看……你才暗戀國鏗吧！」子駿別具深意地笑說。

灝泉故作一本正經的拉住子駿說：「我暗戀你才是真啊！」

廊子上看見他倆嬉戲的同學都笑起來，花名「和尚」的學生說：「你們結婚吧，在小食部擺酒宴客，我做證婚人。」

美琪不知在那時出現，驚訝地說：「和尚怎做證婚人……」

「我們在開玩笑而已，假的！」子駿看見美琪，連忙甩開灝泉的手，與他劃清界線。

「我是認真的！」灝泉造作地苦纏子駿，逗得在場的同學笑彎了腰。

上課鐘聲響起，大家一哄而散，子駿追上去跟美琪說：「我們剛才在開玩笑。」

「我知道，你幹嗎向我澄清？」美琪強忍着笑，半信半疑地道：「此地無銀三百兩，莫非……你們是真情侶？」

「不是呀！」子駿異常緊張，卻見美琪從容地笑，才知給作弄了，這才轉換話題：「你放學後去體操隊練習嗎？」

「不，我今年沒有參加體操隊，我想多點時間陪爺爺。」美琪邊走邊說，看不到站在她身後的子駿的失望表情。

美琪返回課室，老師未到，婷婷問道：「誰有興趣陪我放學後逛街？」

阿恩把玩着辮子，說：「我有約會。」

「我要上補習班。」小敏搖頭說。

「我要幫小學生補習。」阿雪回答。

大家靜靜返回座位，到放學也再沒提起逛街的事。

下課鐘聲響起，婷婷落寞的執拾書包，美琪走到她身旁說：「我陪你逛一會，不過只能逛一會，我便要回家陪爺爺。」

婷婷笑起來，說：「好，謝謝你陪我。我想給媽媽買結婚禮物。」

美琪說：「真是奇怪，爺爺到今日依然記掛奶奶，但我們的爸媽大概已遺忘對方了。」

「也許如張叔叔說，他們都想得到快樂。我希望媽媽和那個叔叔結婚後可以幸福。」

「你不認識那個叔叔嗎？」

「我見過媽媽結交的幾個叔叔，不肯定哪一位跟她結婚，反正我一直跟爸爸生活。」她們步出F.4A，在 F.4B 教室前看見到程卓民，婷婷跟他打招呼：「等人嗎？」

「不，我在看電影。」程卓民笑說。

美琪為好友抱不平：「你在取笑婷婷的問題愚蠢嗎？」

「我是認真回答的。我在看人生的電影。」

「我們走吧，別跟考第一名的高材生說話，他喜歡故作深奧。」婷婷拉着美琪離去。

程卓民看着她們的背影，喃喃地道：「我考第二而已！」

阿雪剛巧路過，程卓民知道她恰恰聽到自己低聲說的話，他連忙說：「嗯，你有英文筆記嗎？我想借來抄……」

阿雪從書包掏出筆記，說：「老師講課極快，我不是每個字都聽得清楚，也許有些字寫錯的。」

「明天還給你。」程卓民接過筆記，並問：「你現在回家嗎？」

「不！我到附近為一位小學生補習。」

F4B

他們並肩走出校門，程卓民關心道：「伯母近來身體怎樣？」

「她現在做補習老師，我們沒有領綜援了。」

程卓民想不到阿雪待人那麼推心置腹，真誠地分享家裏的困難，不以曾經申領綜援為羞恥。

為免顯得有階級觀念，他說：「我們很佩服你，因為你不用上補習班，還要兼職賺錢，而學業成績仍然那麼好。」

「別說得那麼誇張，誰會佩服我？你用『我們』兩字得小心點。綜援幫助我家度過了最艱難的時間，現在我們可以自力更生了，我和媽媽都很高興。」阿雪止住腳步，「我到了，你上哪兒去？」

「我回家去，明天見。」

「你不是乘地鐵回家嗎？地鐵在另一方向啊！」

程卓民搔搔後腦，說：「為了健康設想，我們一天要走八千步，我想多走幾步吧。」

阿雪轉身步入大廈，程卓民站在原處，直至透過大廈鐵閘，看到阿雪進入升降機後，才願轉身離開。

程卓民邊走邊想，從來都說公開試公平，但公開試根本不公平：有些學生沒有父母教導，又負擔不起補習費；有些學生有經濟能力，更有父母指導，跟領取綜援的學生根本不同程度。還有，為公開試擬題目的全是名校教師，不少「補習天王」手上有近似公開試的練習考卷，這是公開的祕密，沒有人相信公開試的試卷絕對保密。

中四的美琪和婷婷已感到會考壓力，美琪逛街時說：「爸爸叫我補習，怕我沒有十優八優。」

婷婷說：「張叔叔說過，只要上課用心，根本不必花錢補習。」

「如果所有學生都以『買個希望』的心態，日夜操練試題，我們不作操練就會很吃虧。」

「健康的人吃什麼補品呢？你的成績那麼好還補習，成績差的怎辦？」婷婷反問道。

「補習社在廣告中標榜自己有公開試『貼士』。」

「唉，我們是否比父母那輩辛苦呢？他們的年代不必花錢補習，不必花錢為父母再婚買禮物，我們很少同學的祖父母或外祖父母離婚……我們卻有不少同學來自單親家庭。」

「父母有父母輩的辛苦啊！爸爸要照顧患病的爺爺，又要照顧我，更要處理自己的愛情和婚姻問題，我看他這一年老了不少。」

婷婷說：「你不是說過世伯像劉華嗎？」

「不是我說的，是他整天說自己的『鷹鼻』像劉華。」說着，她們便格格地笑。

「嗯，你爺爺的病情怎樣？他患的是柏金遜症嗎？」

「不是柏金遜症，是老人痴呆症。」美琪幽幽地道，「近年去醫院多了，我懂得分辨柏金遜症是慢性的肌肉僵化，老人痴呆症是大腦衰退。爺爺有一天問爸爸是誰？」

婷婷感慨地道：「一個人的腦海日漸空白，真是可怕。」

「不過他還清楚記得幾十年前的事，我每天聽到

他述說往事，事後都會幫他記下來，萬一他忘記了，我可以代他記憶。」

「他現在記得什麼？」

「他總是說着五六十年代初來香港的事，他說他偷偷爬上竹棚上看大戲，還說最難忘看新靚就演《關公月下釋貂蟬》。」

「誰是新靚就？」

「爺爺告訴我，那是關德興最初用的藝名，我也不曉得他可有記錯。他還談到自己的初戀故事哩！」

婷婷建議道：「你把爺爺的故事寫下來，說不定可以寫成一本小說。」

「誰要看我爺爺的故事？沒有人看這樣的小說。」

「我看！我做你第一位讀者，一個人能記得五十年前的初戀故事，多麼動人啊！」

美琪失落地說：「爺爺卻不認得我和爸爸。」

「記得五十年前的事就記不起今日的事，此事古難全，你別怪爺爺有病。」

「你別亂拋書包，怎能用『此事古難全』來形容爺爺的情況？」

「在阿恩和阿雪身旁，我只可聽她們引經據典，難得在你面前可以拋拋書包嘛！」

美琪佯裝生氣：「你轉彎抹角的笑我笨！」

「我沒有轉彎抹角，我是有話直說。」婷婷大笑起來，不忘用手擋去美琪的攻擊，「說笑而已，未來大作家，你怎算笨呢？」

「我怎可能當作家？你別胡說！」美琪作狀餘怒未消。

「你當然可以！你的作文向來高分，寫爺爺的故事一定很動人。別忘了所有作家都曾是少不更事的學生啊。」婷婷鼓勵她說。

美琪點頭說：「我寫了爺爺的故事後，首先給你看。」

「他的愛情故事是怎樣的呢？」婷婷好奇地問道。

「爺爺想起時便說兩句，斷斷續續的，我大概知道他十多歲來香港，讀過幾年私塾，總算幸運地在中環的鞋店做售貨員，爺爺說老闆的女兒喜歡他。」

「真的？」

「我懷疑他自作多情。他說有次出外，老闆的女兒不坐她表哥的單車尾部，反而坐在他部身後。」

「單車可以載人嗎？」

「唏，幾十年前可以的。我問爺爺，她可有抱着他的腰，爺爺說今晚未吃飯。」

婷婷笑起來，說：「你爺爺挺可愛的。」

「他偶爾會可愛。有一次，他用麪包擲向我們，說我們偷了他的東西，唉……那次不知他以為我們是誰。」美琪歎道。

「因此，你更加要幫爺爺保存記憶。」

「即使我可以記下爺爺的記憶，我的文筆仍不可能寫小說，更別說參加徵文比賽、當作家了。我想我還是先跟阿雪一起多閱讀好。」

「我也得多看書，也許我們可以組成讀書會。」

「還有小敏和阿恩，阿恩讀書過目不忘，她借書看一次，比我重看多次記得更牢啊。」

阿恩不知道好友正在別處談論她，她的記憶力很強，可惜對於過去十多年的成長記憶，她卻近乎空白。

父母經常吵吵罵罵，令她想離家遠走他方。如果有翅膀，她便可以飛到海闊天空的新天地，可惜，她只能羨慕天上飛翔的大鳥。

這天阿恩在便利店看見雜誌封面上似曾相識的面孔，細看才想起是一個網友，她記得這個外形不錯的人——他自稱工程師，是一個成熟的男人。初次見面，他第一句問阿恩十六歲沒有，阿恩點頭，男人急不及待邀她回家。

阿恩沒有跟隨，她知道這個男人滿腦子歪念。

今天看見這男人成為雜誌封面的主角，阿恩站在便利店翻看兩頁，才知道他在 ICQ 廣泛結織女網友。一次應約的女孩長得高大，他誤以為對方已超過十六歲，便帶她回家發生性行為。女孩其後腹痛入院，才揭發這事。原來女孩只有十一歲，男人觸犯了與未成年少女發生性行為的罪，因此身敗名裂。

離開便利店時，阿恩慶幸自己從來沒有傻到跟陌生網友獨處一室，她知道無論在網上如何熟悉的朋友，站在眼前的終究是陌生人。跟網友約會愈多，她愈發覺網上無真愛，假情假義假承諾倒有不少，但許多女孩願意跟陌生人回家，讓阿恩知道跟她相似的、不想回家的寂寞女孩絕非少數。

阿恩經過唱片店，聽到一首似曾相識的歌，女歌星反復地唱：「誰人受痛苦被懸掛在木頭？至高的愛盡見於刺穿的手；看！血在流反映愛沒保留，持續不死的愛到萬世不休！惟求奉上生命全歸主所有，要將一切盡獻於我主的手；我已決定今生再沒所求，惟望得主稱讚已足夠！」她怔怔地呆住了。

一曲既終，阿恩趕到約會地點，看見那個網友外形猥瑣，便轉身頭也不回的離開。

回到家裏，正在聽八十年代流行曲的媽媽問她：「你不是說了不回來吃飯嗎？我沒有煮飯，待會兒跟你上快餐店吃吧。」

「嗯。」阿恩說：「媽，你知道林志美嗎？」

媽媽滔滔不絕地述說八十年代的香港樂壇，阿恩趁她喝水時問：「你聽過她唱的新歌嗎？」

「我以前還喜歡譚詠麟、張國榮、陳慧嫻和梅艷芳。」媽媽答非所問，阿恩感到跟父母溝通困難，沒有聽下去，自顧自返回房間寫日記。

媽媽覺得女兒無禮，自歎這年頭當媽媽實在困難。

11月8日 晴

上網交朋友是否很無聊呢？

我彷彿認識許多人，但至今也不能真正認識一個網友。

到底愛是什麼？

那首歌重複唱着：

而我卻確信愛是恆久，碰到了你已無別求；無從解釋、不可說明的愛，千秋過後仍長存不朽。

誰人受痛苦被懸掛在木頭？至高的愛盡見於刺穿的手；看！血在流反映愛沒保留，持續不死的愛到萬世不休！

那是怎樣的愛呢？可以持續不死的愛到萬世不休，怎麼可能呢？

阿恩與媽媽上快餐店吃飯，阿恩點了牛排餐，媽媽點了焗豬排飯。她們的座位附近有兩個看似初中的女生在聊天，對方聲音響亮，阿恩與媽媽無意偷聽，卻把她們的對話都聽得一清二楚。

「我早說了阿祖追我。」

「我起初不知道，想不到第一次給他後，正是那一晚，他一得手便跟我分手。」

「原來阿祖是這種人，我也不要他了。」

「……」

「我好羨慕你，你家人讓你上夜街。」

「原本不可以的，自從姐姐未婚生子後，他們也不管我了。」

「你姐姐多大？」

「十八歲，比我大四年。」

「那個男人呢？」

「不知道往哪裏去了，現在我媽幫姐姐帶孩子。」

「換了是我，我一定傷心得要死。」

「我想過了，假如我懷孕了，我會上天台跳樓。」

「你記住先給我電話……」阿恩以為女孩會勸阻朋友別做傻事，豈料她竟說：「等我陪你一齊跳。」

阿恩的媽媽跌下手上的鐵叉，她顯然給兩個女孩的話嚇倒了。阿恩裝作若無其事的繼續咀嚼牛排。

兩女生離開後，媽媽說：「阿恩，你有心事可以跟我說。」

阿恩看媽媽一眼，點點頭，媽媽繼續說：「或者你不知道……當年我是懷了你，才跟你爸爸結婚的，我為此事後悔至今。」

阿恩揚了揚眉，怯怯地問：「後悔生了我？」

「沒有，有你這樣聰明的女兒，我感到好驕傲。」她略皺眉頭的說：「我只是後悔年輕時太糊塗，我和你爸爸應該多點了解，才走向那一步。」

阿恩開始同情媽媽：「難怪你們經常吵架。」

「你比我們聰明，不要跟媽媽一樣做那蠢事，愛情不是這樣的。」

阿恩茫然地問：「愛情是怎樣的呢？」

「我也不知道，結過婚，生了你，活了大半生，我仍不知道愛情是怎樣的。」

「媽媽，你相信無條件的愛嗎？」阿恩問。

媽媽聳聳肩，說：「我不相信。聽說真愛好像鬼魂，許多人談論，但很少人真正遇過。假如你將來遇到真愛，一定要告訴我。不要學剛才那兩個女孩，我會擔心你的。」

「我不會做傻事的，你應對你女兒的智慧有信心啊！」說罷，阿恩機靈地向媽媽眨眼。

媽媽大感欣慰：「你由幼稚園開始，考試成績都在首三名以內。我相信你不會像媽媽當年那樣傻。」

阿恩很久沒有跟媽媽說這麼多話，直至此刻，她才明白父母的婚姻建基於錯誤的開始，十多年間，他們沒有修補當年的錯誤，只能任由感情漸淡。

「媽，假如爸爸當日不願跟你結婚，你會將我生下來嗎？」

媽媽沉默良久，說：「我沒有想過他不負責任，看來這是你爸最大的優點。」

「待爸爸好一點，等於對自己好一點。」

「老師曾說『青出於藍勝於藍』，我不相信，現在我相信了，想不到媽媽想不通的事，卻讓你告訴媽媽。」

阿恩微笑說：「我們從今天開始，努力讓家裏充滿愛，你自會看見鬼魂——嘻，我說的是真愛！」

兩母女笑起來，想不到鄰座兩個問題少女的對話，竟讓她們打開了心窗。阿恩開始明白媽媽的感受，大家的距離沒有想像中那麼遠，她在朦朧間知道，愛，並非如她以前所想的。除了男女間的愛情，人間還有形形式式的愛，她感到世界不再一樣。

相生相剋

上學期期考過去了，大家的考試成績跟往日的差不多。阿雪的成績是全級最好，程卓民全班第一，不過全級第二，阿恩成績全級第三，美琪、婷婷和小敏的成績保持中上水平，只有國鏗退步多了。

F.4B 的國鏘成績兩極化，英文和理科科目成績優異，但中文不合格，數學則僅僅合格。

兩位班主任正談及這對雙生兒， F.4A 的黃老師說：「謝國鏗的成績急跌，他不應該考得這麼差。」

「謝國鏘的成績也很糟，聽說他們家裏有問題，要約見家長還是轉介社工呢？」F.4B 的麥老師說。

「謝國鏗說，他爸爸不在香港。」

「破產者可以外遊嗎？」麥老師不明所以。

「公幹是可以的，不過，謝國鏗說他爸爸到外國是要辦家事，不方便跟我們說。」

麥老師說：「轉介社工吧。」

「社工最近很忙，想不到名校都有許多學生找社工。」

「我的舊同學在即將結束的中學做駐校社工，經常接觸到學生懷孕的個案，她說那些學生一錯再錯，根本不知道自己在做什麼，我們學校的學生算乖了。」

「我有學生因情緒問題要社工長期跟進，就算成績中上，依然怕考試怕得生病。社工還要負責不少更嚴重的個案，或者，我先問謝國鏗無心向學的原因好了。」黃老師歎氣說，「只是謝國鏗什麼都不願說，將心事放在心裏，不知道跟他傾談可有用。」

「謝國鏘也差不多，他們不但外形相似，性格也

相近，兩人都是有心事不肯説出來的人，不過，他們看來不太喜歡對方。」

黃老師説：「希望情況沒那麼嚴重吧。」

國鏗路過教員室，不知道班主任老師正在談論他，這天收到成績單，他感到異常失落。自從國鏗看見國鏘帶回來的光碟中有媽媽的近照，有些更存有媽媽和國鏘去佛羅里達州主題公園的片段，負責拍攝的應是那叔叔，影片中的媽媽和國鏘都很快樂。國鏗每天都要看一遍媽媽的錄像，他喜歡看她笑，喜歡聽她説話的語調。他每天都重讀媽媽的信，無論做什麼都想到她。

國鏗今天回家後，便接到爸爸從紐約打回來的電話，爸爸問：「成績怎樣？」

「普普通通吧。」

「弟弟的呢？」

「不知道，他還沒有回來。」

「待會過去吃飯，跟陳太太説我要在紐約多留一段日子，回來再給她伙食費。」

「爸，你離開快三個月了。」

「我已經領到保險金，並為你和國鏘買了教育基金，你們將來一定夠錢升大學的。我知道你媽媽跟那個姓黃的男人合資買房子，現在美國樓價上漲了不少，我要那姓黃的還你們一半錢，他卻不肯，我決定留下跟他打官司。」

「你説的是黃叔叔嗎？他是你的好朋友。」

「他已經不是我的朋友。」電話那端稍為停頓，「他對不起我，也對不起你媽媽……大人的事，你現在不用知道。」

「爸，我和國鏘都掛念你，現在有了保險金，你可以還清債務，不需要賣房子那筆錢吧。」

「國鏗，你長大了，幫爸爸照顧弟弟，我辦妥這事自會回家。」

「還要多久啊？」國鏗心裏很失望。

「很難説，我這陣子在聯絡以前做生意的朋友，回來正好成立新公司，一切從新開始。」

掛線後，國鏗感到納悶，爸爸時而說他是小孩，大人的事不必知道，時而說他長大了，有責任照顧弟弟，到底他長大了沒有？

國鏗在家等候國鏘，國鏘卻在校門等待美琪，他扮國鏗的語氣問：「你的成績怎樣？」

「跟去年差不多，你呢？」

「不過不失吧。」國鏘從褲袋中掏出兩張戲票，說：「今晚一起看電影，好嗎？」

「你是謝國鏗嗎？」美琪對國鏗無緣無故約她感到奇怪。

「我當然是謝國鏗，你怎會這樣問？」國鏘繼續模仿國鏗的語氣，存心作弄美琪。

「好吧，我回家換衣服，今晚在戲院門口見。」

國鏘心裏偷笑，大叫道：「好啊，今天晚上七時正，戲院大堂見。」

單憑雙生兒的心靈感應，國鏘已知道國鏗喜歡美琪，更何況國鏗跟美琪言談和眼神都格外溫柔，這種神態幾乎路人皆見。此刻奸計得逞，國鏘打從心裏笑出來，他看着美琪走遠，將成績表隨手扔進街上的垃圾箱便回家。

國鏘踏進家門，看見國鏗坐在客廳翻看照相簿，兩人沒有打招呼，國鏘轉而給陳子駿打電話：「我今晚不來吃飯了。」

「國鏗來嗎？」

「你自己問他吧。」國鏘匆匆掛線，返回房間，靜靜換上國鏗的衣服，便上網消磨時間。一陣子後，他聽到國鏗關門的聲音，才走出客廳，此時已經七時五分，他馬上擱起家裏的電話，往戲院跑去。

美琪鼓起勇氣問國鏘：「國鏗，幹嗎請我看電影？」

「慶祝派成績表。」國鏘胡亂回答她。

「有什麼值得慶祝？」

國鏘似笑非笑的說：「慶祝我考得差。」

美琪分不清話裏的真假，沒好氣的問：「你弟弟呢？為什麼不約他一起來？」

「謝國鏘很討厭，別理他！」

「奇怪，你從來不會説弟弟的不是。」美琪感到國鏗這天好像變成另一個人似的，可沒有想過他根本是另一個人。

國鏘沒有回答，以免説多錯多，他拉美琪去小賣部買汽水和爆米花，然後便進場。

銀幕上是荷里活愛情輕喜劇，銀幕下是國鏘靜靜握住美琪的手，美琪感到心跳加速，面紅耳赤，下意識地掙脱。

國鏘固執地一再握緊美琪的手，她一再掙脱，這種拉扯令美琪有種不明所以的甜蜜，也許受銀幕的浪漫氣氛感染，兩人最後仍是十指緊扣着，溫暖的感覺從他的指尖傳到她的，她開始心不在焉。

散場的時候，國鏘牽着美琪的手，問：「你知道有人暗戀你嗎？」

美琪害羞地反問：「既是暗戀，我怎會知道？」

「我知道誰暗戀你，暗戀你的人是謝國鏗！」國鏘說。

美琪沒有回答，只覺心亂如麻。

「我很喜歡你，你喜歡我嗎？」

美琪心中悸動不已，輕聲說：「不知道。」

國鏘靠近美琪說：「我想聽你親口說『我喜歡你』。即使是假的，我仍想聽一次，你當作說謊騙騙我吧，好嗎？」

美琪雙頰發燙，腼腆地說：「我喜歡你。」

戲院大堂正有不少人等候進場，也有剛散場的觀眾步出，謝國鏘就在人來人往的時候大聲問：「你說你喜歡我，你真是喜歡我嗎？」

美琪有點愕然，說：「謝國鏗，別玩了。」

國鏘大笑起來，甩開美琪的手，大聲說：「我早已叫你別暗戀我，你喜歡我也沒用，我完全不喜歡你，絕對不會喜歡你！你沒有帶鏡子就去廁所照照鏡吧，憑你的樣子就說喜歡我，你不害羞嗎？」

大堂四周的人好奇地望向美琪，有幾個低聲交談，即使不是說及美琪，美琪都覺得所有人都在嘲笑

我不會
喜歡你的！
日上映

她，她愣愣地站着不知所措。

國鏘繼續大聲說：「你以後不要暗戀我了，我不會喜歡你的，你死心吧！」

美琪恨不得找個地洞鑽進去，她的眼淚一下子湧上來，難堪地跑離戲院大堂。

美琪一邊跑一邊抹眼淚，只覺四周環境不斷變形，世界模糊一片。自出生以來，她從不曾這樣傷心，這才知道自己喜歡國鏗，但國鏗當眾取笑她、羞辱她、踐踏她的自尊和自信，她的心一下子碎了。

阿雪剛完成補習步出大廈，遠遠看見美琪在街上快跑。她連忙追上前，美琪聽不到阿雪叫她，只管繼續跑，阿雪要加快速度才追上她。

美琪看見阿雪，仿如在急浪的大海看見救生圈，緊緊的抱住她哭起來。

阿雪大吃一驚，慌忙問：「你遇到賊嗎？我陪你報警吧！美琪，你先別哭，有什麼事都要跟我說。」

美琪哭了好一會，才斷斷續續說：「嗚……嗚……

我……我沒什麼。」

「我陪你回家好了。」阿雪不勉強美琪説出傷心事，只默默陪伴她。

美琪的心情稍稍平復下來，然而想起剛才由快樂的雲端跌至痛苦的谷底，又不自覺地流下眼淚。

阿雪用手帕為美琪抹去眼淚，溫柔地道：「無論你遇上任何事，需要我的時候都可以找我傾談。」

「謝謝你，這麼晚了，你回家吧，我可以自己回去的。」美琪抽着鼻水，聲音楚楚可憐的説。

「我陪你回家吧。今早派發了成績表，媽媽在電話已經知道我的成績，她下午已跟我慶祝了。我猜她現在也睡了，我晚一點回去都不要緊。」

「你讀書成績那麼好，Auntie 一定很高興。」

「這次考得比我預期好，多虧程卓民常常問我借筆記。我借筆記給他，他總在還我時附着幾張寫滿資料的牛油紙——那是他翻閱課外書後寫的筆記，對理解課文很有幫助。讀過他的數學筆記，我連數學都進步多了。嗯，美琪，我下次也借給你讀，大家一同考得好吧。」阿雪刻意帶出新話題。

「他待你特別好。」

「借筆記而已，別敏感。」

美琪歎氣道：「唉，男同學的心事是猜不透的。」

「你知道全部女同學的心事嗎？」阿雪笑問。

「我連自己的想法也不知道。或者人類的心事都是猜不透的……」美琪說，「幸好今天晚上遇到你，我現在好多了。剛剛完成期中考試，我們放假約小敏她們出來玩，好嗎？」

「我聽小敏說，她在假期會跟父母到南亞做義工，我想她未必可以出席。」

「自從那次遇上海嘯，小敏似乎變了。」

「變得更加好！她更加珍惜身邊的人和事。」阿雪笑說。

美琪的心情漸漸平復下來，輕輕說：「有你們幾位好朋友真好。」

「嗯，你看過白先勇的小說《謫仙記》嗎？」

「這是今年必讀的課外書，要寫讀書報告的，我們全班都看過了。別以你考第一，看書特別多。」

「不必又笑我考第一了，媽媽說天外有天，人外有人。」阿雪稍作停頓，「我忘記大家都讀過這篇小說，或者因為我早已讀完白先勇的小說，才以為只有我讀過。」

「知道你讀書多了，天外有天的高材生！可以入正題了嗎？」

「你是體操學界明星，比考第一名的我更矚目啊！」

「好朋友只是互相讚美嗎？」美琪笑起來，說：「我離開了體操隊，顧欣盈才是學界體操明星。」

「言歸正傳，你看過《謫仙記》就好了，你記得五個女角以中英美法蘇為代號結盟嗎？嗯，你說我們可要結盟呢？」

「我們結盟為五大美人吧！」美琪幽默地說。

阿雪見美琪不再難過，開心地附和：「我們自稱五大美人，大可橫掃港九新界，路人爭相走避，沒有人比我們更美的了。不過，沿途要派發嘔吐袋，以免途人嘔得滿街都是。」

美琪格格地笑，繼續跟阿雪胡謅：「唔，要不我們做校園五美或校園五小花吧。」

「聽起來已經嘔心，怎說出口啊？」阿雪道。

「那麼叫校園五虎吧，好不威猛。」美琪說。

她們繼續你一言我一語的討論結盟的無聊稱號，不知不覺走到美琪的家。美琪想起什麼似的，問：「如果程卓民問你是否喜歡他，你怎回答？」

「我會告訴他，考完會考才說。」阿雪輕輕說。

「這答案好陳套，你沒有跟我說真心話。」

「不，我認真想過的。我跟你們不同，我一定要讀好書，將來才可以多賺錢，讓媽媽的生活過得好一點。媽媽身體欠佳，她現在工作比一般人辛苦，我不可以重讀一年，也不想亂花媽媽的積蓄。我一定要考好會考、高考，一定要上大學，其他事情都待考完會考再說。」

美琪沉默一會，才說：「你說得對，我應該考完會考才想那些複雜問題……要是我早點問你就好了。」

阿雪大惑不解的問：「有什麼好？」

「現在沒什麼了，謝謝你。」

「唏，我們是校園五虎感情深厚，不用謝來謝去的。」

美琪笑起來說：「我們看來頂多像校園五貓，反正老虎也不過是貓科動物。這樣吧，我們結盟為校園五貓，我做摺耳貓。你長頭髮，做長毛貓吧！」

「做長毛貓沒有問題，千萬別稱我為長毛或女長毛啊！」

美琪想起別號「長毛」的議員，再看看阿雪的樣子，不禁大笑：「跟你做朋友真好，謝謝你，長毛貓。」

「你再客氣我就扭你的摺耳，無記性！」

美琪鬆一口氣，經過一整晚的心情跌盪，她應該回家休息了。她上前跟阿雪擁抱一下，沒有再說感謝，便轉身走進大廈。

阿雪看着美琪的背影悵然若失，她無意在朋友失落的時候加重她的心理負擔，只好裝作快樂。只是媽媽因為感冒一段時間，不能上班，她正為金錢徬徨。

普通人患感冒頂多一個星期便會痊愈，但媽媽身體太虛弱了，她已差不多一個月不能工作。媽媽的補習工作是按時薪計算的，沒有有薪病假，加上這個月的醫藥開支大了，她們得靠平日的積蓄維持生計。阿雪和媽媽都不願再領綜援，阿雪也不敢讓媽媽知道學校要繳交下學期學費的事，她獨自為幾千元學費煩惱。

阿雪知道只要她開口，小敏、婷婷、美琪和阿恩都會仗義相助，但她不願問同學借錢，只想自己解決困難。

國鏘討厭國鏗整天扮作好哥哥的模樣，他討厭這個家，討厭香港，但他不能走，只好捉弄國鏗以泄心頭之恨。

有一次，當大家在廊子上碰面，國鏘感到國鏗心跳加速，並從他凝望美琪的眼神，認定了國鏗的心

事。現在，國鏘作弄美琪的計劃異常順利，他心裏樂不可支。他想看看國鏗傷心難過的表情，更想知道國鏗知道真相以後，怎可能繼續扮演好哥哥。

那天國鏘回到家裏，國鏗正在電腦屏幕前看媽媽的照片光碟，國鏘自顧自的換衣服，聽到國鏗問：「為什麼穿我的衣服外出？」

國鏘心忖：「你遲些自會知道。」

國鏗沒說什麼，拾起國鏘換下的衣物，準備投向洗衣機。看見兩張票尾跌出衣袋，他蹲下撿起，隨手放在書桌上，說：「媽媽教我們要將衣物放好。」

「你別跟我提媽媽！」國鏘生氣道，還說了連串英語的粗話。

國鏗記得媽媽的教導，沒有跟國鏘對罵。

國鏘故作淡然的說：「今日有個 F.4A 女生約我看電影，好像叫簡美琪。」

國鏗緊張的說：「你對我做什麼都可以，別作弄我的同學。」

「你幹嗎這樣緊張，我跟她牽着手看電影，

還……」

「還有什麼？」國鏗緊張地追問。

「我不會告訴你的，你問她吧。」

國鏗為之氣結，到客廳馬上給美琪電話，準備代弟弟道歉。豈料美琪聽到他的聲音，隨即掛線，並擱起電話。

國鏗追問國鏘發生什麼事，國鏘只是冷陰陰地笑。他上網問美琪，美琪沒有回應，只好到婷婷的留言板，問她知否美琪為什麼生氣。

網上留言的同學都説不知道，而美琪竟寫道：「你們以後別相信謝國鏗，別相信他！」

國鏗異常沮喪，呆呆地坐在那兒。

怎說再見

下學期開學後，校園五貓正式結盟，她們在餐廳一邊吃午飯，一邊研究自己能做什麼貓。

阿雪道：「你們知道『堅毅貓』嗎？」

四人同時搖頭說：「沒聽過。」

「七隻堅毅貓是服務障殘人士的機構──『堅毅忍者』設計的角色，牠們身體各有不同殘障，但性格樂觀，熱愛生命，積極宣揚社會共融的信息。」

「好有意義啊！」阿恩說：「這是幫助殘障人士就業嗎？」

「我想是的，他們製造堅毅貓精品，暢銷的話，就可以自力更生了。」

「我們校園五貓都要多做有意義的事。」

她們開始討論做什麼貓，除了美琪做摺耳貓、阿雪做長毛貓外，阿恩自言要當家貓，她說：「有家的貓很幸福的。」

婷婷說：「流浪貓自由自在啊！」

「我看見的流浪貓都很可憐，覓食已經不容易，被人捉到還會遭人道毀滅。我寧可做家貓，你大可做流浪貓啊。」阿恩回應道。

「我最喜歡吃東西，我還是做貪吃貓好了。」婷婷取笑小敏：「不如你做花臉貓或骯髒貓，難得你形神俱似。」

小敏反駁說：「你才骯髒！我想做安哥拉貓，我喜歡碧綠色眼珠的安哥拉貓。」

阿雪笑她：「你做貓都選做純種貴族貓嗎？」

小敏說：「安哥拉貓不算貴族貓，牠們近親繁殖，不少是聾的。我想像安哥拉貓那樣多看少聽，以免聽

得太多流言蜚語。」

阿恩的表情極誇張，說：「好深奧啊！」

小敏一本正經的說：「在泰國做義工的哥哥教我的，要多用眼睛觀察，少聽不正確的複述。他教我看新聞都要多看幾家傳媒，以免被誤導。」

「小敏真的變了。」婷婷想起什麼似的，轉而問美琪：「你上次為什麼在網上留言，叫大家別相信謝國鏗，你們之間發生了什麼事？」

美琪想了想，說：「沒什麼，他喜歡捉弄別人，我只是提醒大家而已。」

「我跟謝國鏗同班第四年了，他從不捉弄別人，你們有誤會吧。」阿恩疑惑地問。

「別提他了。」美琪問婷婷：「張叔叔最近可有來信？」

「張叔叔最近很忙，不過他知道約瑟經常來我家作客，讓我習慣用英語跟外國人閒聊，他說這是很好的練習。你們有空大可來我家吃飯，跟約瑟 free talk。」

美琪提起約瑟的榴槤事件，大家笑作一團，冷不防聽到人叫：「婷婷。」

婷婷看過去，看見一個不認識的男生，跟幾個同是身穿名校校服的男生。

男生望向阿恩喊：「婷婷！」

阿恩本來垂下頭，裝作看不見他，但如今不得不抬頭，說：「這麼巧。」

「婷婷，原來你讀這間中學。」王文偉跟阿恩說，但婷婷抬起頭看他，發現並不認識他。

「我叫阿恩，婷婷是我的網名。」阿恩站起來，給王文偉介紹：「她才是婷婷。」

王文偉知道網上多謊言，看見阿恩身穿的校服，已知她提過的學校是假的，只是想不到她連名字也用假的。

阿恩有點尷尬，連忙將四個同學給他介紹，然後問他：「你叫什麼名字？」

「文偉是我的真名，我叫王文偉，」文偉想了想，問阿恩身邊的同學：「你們要補習嗎？」

婷婷

阿恩直言:「我們都是名校高材生，不用補習。」

「許多高材生都有補習。」文偉說。

「他們太沒有自信了吧。」阿雪笑道。

文偉的同學提議說:「今年我校主辦聯校歌唱比賽，你們也來參加好嗎?」

「我們校園五貓正好可以參加啊。」美琪雀躍地說。

文偉和他的同學笑起來:「好啊，我們學生會將會發信邀請貴校參加，你們記得練歌參賽啊!」

「你們也要練習，以免大家的水平相距太遠，以致我們太輕易勝出。」阿恩說。

「你們經常來吃午飯嗎?我不曾碰到你們。」文偉問。

「不是經常來的……」小敏差點想說出因為遷就阿雪沒有太多零用錢，她們大概一個月才光顧這間貴價餐廳一次，但想到這番話不該說，也就打住。

阿雪有點尷尬，輕輕說:「因為我習慣帶三明治或飯盒，所以一個月才外出吃一頓飯……」

婷婷補充説:「一個月一次，對我們來説是重要約會。」

「你還有結織新網友嗎?」阿恩問王文偉。

「單是這個月就有兩個人跟我上補習社，並交了學費。」文偉回答。

這班男生離開後，她們追問阿恩和文偉認識的過程，阿恩一一回答，小敏追問:「你還有上網結識新朋友嗎?」

「沒有了。」阿恩説:「以前我覺得欠缺愛，現在明白世上有不同的愛，好像我經常聽到那首歌《愛是不保留》，説的是宗教的愛。」

「你上教會了嗎?」

「沒有，我只是明白了愛是沒有保留。」

阿雪看看手錶，連忙説:「唏，快上課了，我們快結帳吧。」

「為了五貓結盟，今天由我請客。」小敏説。

大家沒有異議，阿雪也不堅持，婷婷卻在這時厲色瞪着阿恩:「你這壞家貓，竟敢用我的名字結交網友！遇上壞人怎辦？」

阿恩頓時變成溫馴的小貓，說：「婷婷這名字真的好聽啊，你別生氣，我請你吃下午茶。」

這一年，大家彷彿成熟了，感情也更親厚，以前不明白的心理困擾，現在漸漸明白了。

回到學校，國鏗和子駿剛巧吃完午飯，兩名男生和五名女生迎面相遇，美琪低頭急步走過。

國鏗追上前說：「美琪，對不起。」

美琪想起當晚的事，眼淚湧上眼眶，她什麼都沒有回答。

國鏗繼續說：「國鏘頑皮，你原諒他吧！」

「謝國鏗，你別再說謊了，我以後不想再跟你說話！」美琪不自覺地提高聲線，身邊的同學大感愕然。

國鏗當場怔住了，子駿拍拍他的肩，低聲說：「上課了，有事稍後再談吧。」

上課途中，校務處職員來到 F.4A 的教室，叩門說：「程詩敏的家長有要事找她，請程同學到校務處接聽電話。」

小敏匆匆離開，老師繼續上課，後來小敏面色蒼白的回來，並執拾書包離開。

小息鐘聲響起，婷婷即時用手機給小敏打電話，但小敏沒有接聽。阿雪走到婷婷身旁，跟婷婷商議給小敏發短訊。

美琪伏在桌上，什麼也不想知道似的；國鏗目不轉睛地看着美琪，不知如何是好。

最後兩課是這學年新添的通識課，老師以「香港空氣污染日益嚴重」為題材，要同學分組討論。

老師以學號編排，每隔六個數字為一組，國鏗跟美琪剛好同組，國鏗積極表達意見，美琪仍對他不屑一顧。

「我認為香港的空氣污染主要由北方工廠排出廢氣引致，你認為呢？」國鏗借故問美琪，美琪搖搖頭不看他，只表示沒有意見，另一同學接着說：「香港人濫用空調。」

「燒煤發電會增加廢氣，本地兩間電力公司都有責任。」美琪接着說。

「工業廢氣是污染的主要因素。」國鏗看着美琪說。

美琪沒有接上，另一個同學繼續表達意見，國鏗好生沒趣。

下課後，阿雪走過 F.4B 教室時，看見程卓民在門外等候她。

程卓民說：「我想借數學筆記。」

「你不用替我抄筆記了，我已經考第一，你不用為我花時間。」阿雪漲紅着臉說，「你對所有同學都這樣好嗎？」

「我想你繼續考第一。」

「為什麼要幫我？」

程卓民頓時語塞。阿雪看過不少愛情小說，包括《紅樓夢》，她以為程卓民會說喜歡她，想不到他說：「我下學年將到美國讀書，父母不想我會考辛苦，提

早送我到美國升讀高校。」

阿雪感到沒由來的失落，強自微笑說：「啊，沒有人跟我爭全級第一名了。」

「父母在家跟我說英語，他們每天替我溫習，我有任何不懂的，他們都會教我，而你要照顧體弱的媽媽。我們好比小提琴比賽的兩名參加者，我用最貴的小提琴，你用最便宜的，就算我勝出，依然勝之不武。我想大家在擁有相同筆記和學習資料下，真正比試一次。」

「你不想考全級第一名嗎？」

「爸媽既已安排我到美國讀書，香港的成績對我將來的學業沒有影響。我想你考得更好，待我有天回來，知道張美雪是全港成績最好的女生。」

「你以為我渴望考第一嗎？」

「我相信你想發揮得更好。」

「謝謝你，你以後不用問我借筆記，直接給我參考資料就是。」

程卓民尷尬地說：「你的筆記有時抄錯了，我可以幫你改正。」

「程卓民，即使我考獲全班第一，仍是你贏。因為我不像你那樣關心對手。」

程卓民的臉紅起來，低聲央求：「讓我再幫你一個學期吧。」

阿雪將今日上課的筆記都交給他，說：「為人為到底，你幫我找文科資料，好讓你到美國文武雙全！」

程卓民欣然接收阿雪的筆記，說：「明天交還。」

阿雪笑着道謝便離開，轉身時流下暖暖的眼淚。她步下樓梯才拭去淚水，以免程卓民在她背後看到，從而猜到她的心情。

阿雪以為世上有一個人願意為她默默付出，待她會考過後，可以跟他一起追尋美麗的彩虹。但那人已有自己的前程，一切至此為止，阿雪只好獨自回家。

國鏗也是獨自回家，國鏘從來不肯跟他一同上學和放學。

子駿放學後到室內運動場練習跳馬，這天美琪坐在一角，百無聊賴似的觀看舊隊友練習，她看見子駿便想起國鏗，有點憎恨他，也有點想念他。

國鏗在家重看媽媽的信和照片，想起班主任黃老師的話，他答應老師努力讀書，但依然沒有心情，每天沉浸在對媽媽的思憶中。他收到爸爸來電，那時是紐約半夜，可見爸爸也是失眠。爸爸問及他和國鏘的事，國鏗一一回答，並吸下一口氣，問：「爸，你什麼時候回來？」

「我取回房子的一半金錢後便回來。」

「我們不需要那麼多錢，就算你破產，我們的生活仍然很好，我不想每天和國鏘去陳太太的家吃飯，我們有自己的家。爸爸，放棄那些錢吧，我只想你早日回來。」

「國鏗，你和國鏘要上一所好的大學，需要許多費用，爸爸要為你們取回應得的部分。」

「我不要錢，我只要你回來。」

「別像女孩子那樣撒嬌，爸爸一辦妥事就會回來的。」

爸爸掛線後，國鏗頹然坐在沙發上。他準備買些水果到陳家，就算爸爸已付了伙食費，陳家上下待他們很好，但國鏗始終覺得那是別人的家，萬事都得客氣一點。

國鏗換上便服，到附近的街市買水果，回來路上，遠遠看見子駿和美琪並肩走來。雖然沒有身體接觸，但兩人有說有笑，看在國鏗眼中便是一種說不出的親密。

美琪這天放學後不願回家，她坐在一角觀看體操隊練習，子駿練習完畢，即時上前跟她聊天，才知道美琪心情不好。子駿連體操服也沒有換，便拿書包跟美琪一同離開學校，並說了不少笑語逗她。美琪跟子駿一起時心情輕鬆，剛好爸爸不用加班，會早點回家陪爺爺，她便答應跟子駿回家吃飯。

子駿和美琪正談及學界體操比賽的事，子駿看見迎面而來的國鏗，遠遠跟他打招呼，走近時說：「這麼巧，一起回家吧，今晚美琪也來吃飯。」

美琪站在子駿身旁一言不發，國鏗感到有一雙無

形的手撕裂了他的心。他低下頭，深呼吸一下，抬頭展現大大的笑容，以輕鬆的語氣說：「我剛剛吃了一頓豐富的下午茶餐，太飽了，今晚不來你家吃飯。」國鏗說罷，停頓一會，為免子駿懷疑他，更哈哈哈的笑了幾聲。

子駿的目光專注於關心美琪，沒有留意國鏗的表情怪異，隨口說：「好的，我會告訴媽媽。嗯，國鏘來嗎？」

「不知道，你們別理會他，萬一他上來，給他杯麪就是。」國鏗臉上的肌肉都笑得僵硬了。

走近大門前，子駿說：「今晚我家會煮糖水，你來吃嗎？」

「我什麼都吃不下了。」國鏗慌忙開門，關門後背着門順勢跌坐地上，手上的一袋鮮橙逐一滾出，他滿臉淚水，但怕子駿他們聽到，不敢哭出聲音來。

相隔一扇門，國鏗隱約聽到子駿跟美琪說：「媽媽非常好客，國鏗國鏘天天來吃飯的，你也不必客氣，當作自己的家就是。」

隔鄰大門關上，室外一片寂靜。

清蒸鱸頭

國鏗坐在地上，客廳有點暗，勉強看見國鏘坐在沙發上。國鏗站起來，亮了燈，看見媽媽的信給撕碎了。

國鏗如遭電殛，呆在當場；國鏘同是一臉淚痕，他想不到媽媽寫信給哥哥，但沒有寫信給他，他更妒忌哥哥有同學的慰問卡。而且，他發現媽媽就是為了寄這封信遇上車禍，這封信害死媽媽！

室內仿如暴風雨前夕的平靜，國鏗生命中最重要的一頁被弟弟撕碎了。他像獵豹似的怒吼一聲，揮拳

如雨般密集，重重打在國鏘身上。

國鏘給國鏗扯住上衣，好不容易才能掙脱，走近大門，豈料踩到地上的鮮橙，身體失去平衡，向前跌倒。國鏘前額狠狠地撞上大門，立時昏了過去，門上、地上和額上都是血。

室內一下子沉靜下來，由於太沉靜，國鏗反而聽到高頻率的聲音，一如耳鳴似的在他的耳邊響起。好一會後，他才驀然清醒過來，連忙報警召救傷車。

與此同時，陳家聽到鄰居傳來巨響，子駿第一時間前來拍門，國鏗移開地上的國鏘開門，地上的血更多。開了客廳的燈，子駿和尾隨的美琪大驚失色，陳太太跑回家取來急救藥箱，慌忙替國鏘止血。

子駿看見國鏗臉上沒半點血色，緊握國鏗的手，聲音抖顫的道：「沒事的，國鏘不會有事，別怕，別怕……」

美琪輕拍國鏗的手臂安慰他，國鏗自顧自的説：「媽媽教我愛護弟弟，媽媽叫我們不要打架，我卻……」

嗄!

陳太太為國鏘止血，救護人員及時到達，他們將國鏘抬上救護牀，其中一名救護員問：「哪兩位跟我們上救護車？」

「我陪你去。」子駿馬上對國鏗說。

陳太太對兒子說：「由大人陪國鏗上救護車較好，你先送同學回家，再乘計程車來醫院吧。」

「我想一起去。」美琪的目光堅定，陳太太點頭應允。

子駿和美琪目送救護車開出後，才召喚計程車。

國鏗在救護車上急得哭出來，陳太太安慰他：「別怕，國鏘不會有事。」

「我怕弟弟像媽媽那樣，突然死了。」

「不會的，你記得子駿五歲的時候撞破前額嗎？那次我跟他玩躲貓貓，他撞在桌子方角上流了許多血，最後還不是一樣快高長大嗎？我替國鏘止血了，他沒有事的。」

國鏘在醫院醒來，醫生問他個人資料，他可以

一一回答，而且説話清楚。

醫生問他怎樣受傷，國鏘緩緩地説：「自己不小心，不慎踩到地上的橙跌倒了。」

「怎會將水果放在地上？」醫生半信半疑。

「哥哥剛買回來，還未放進冰箱。」國鏘説。

「你們爸媽呢？」

國鏘沉默下來。

醫生以為陳太太是傷者媽媽，待了解後，他問：「到底是家居意外，還是兩兄弟打架？要轉介當值警員或社工嗎？」

急症室有當值警員，如醫生發現家庭虐打個案，或懷疑暴力傷人個案時，便轉交警方和社工跟進。國鏗不知所措，陳太太代答：「這孩子自己跌傷而已，不涉暴力的。」

醫生微笑，轉向國鏗説：「傷者説自己不慎跌倒，你是他的雙生兄弟吧，你們的爸媽呢？」

國鏗以微小得幾乎聽不到的聲音説：「媽媽死了，爸爸在紐約。」

醫生關切地問：「要社工幫忙嗎？」

「不用了，爸爸很快便回來，我會好好照顧弟弟。」

「傷者沒有大礙，不過得留院觀察一晚，確定沒有傷及大腦，明天便可出院，你們幫他辦入院手續吧。」醫生說罷，便忙於做其他工作，陳太太為國鏘辦理入院手續。

陳先生回家發現無人，致電妻子，陳太太叫他來醫院接他們回家。

陳太太跟子駿說：「夜了，你先送美琪回家吧。」

美琪得悉國鏘只是輕傷，點點頭，跟陳太太道別後，準備跟子駿離開。

子駿問：「你要跟國鏗說一聲嗎？」

美琪搖頭，子駿問：「國鏗究竟做了什麼令你這樣生氣？」

「沒有，別再談論他了。」

子駿轉身跟國鏗揮手道別，只見國鏗神情落寞，他跟美琪說：「你等等我。」

子駿跑回國鏗身旁，問：「你跟美琪有誤會嗎？」

國鏗一臉沮喪地說：「不知道，她不想看見我。」

「別這樣，一切會好轉的，我一定幫你。」子駿拍拍國鏗的肩，隨即跑回美琪身邊。

乘計程車到美琪家的車程甚短，子駿在車廂說：「國鏗這一年吃了很多苦，就算他做錯什麼，也請你原諒他吧。」

美琪撅着嘴巴說：「他在公眾場所捉弄我。」

「那一定不是國鏗，他那麼古板，怎懂得捉弄人？你想想，你跟他做了四年同學，什麼時候見他捉弄人？」子駿的話頗有道理，但看電影那次的事卻是千真萬確。

到達美琪住所樓下，子駿跟美琪一起下車，不嫌嘮叨的說：「別怪國鏗。」

美琪但笑不語，回身鑽入大廈。

子駿和美琪都住在學校附近，相距頂多一兩個地鐵站。子駿獨自走路回家，為了情義，他要努力讓自己心儀的女孩跟他的好友（情敵）和好如初，這樣做

對得起朋友，但對不起自己，子駿十分矛盾。

陳先生駕車到醫院接妻子，並與國鏗一起回家。子駿的爸爸說：「將這件事告訴你爸沒有？」

國鏗低聲說：「還沒有。」

陳太太焦急地說：「快打電話給他，好讓他早點回來。我看國鏘愈來愈反叛，我怕你或他出意外。」

「爸爸說取回一半業權的官司剛開始，暫時不能回來。」

子駿父母認為兒子比金錢重要，國鏗的父親應該即時回來，但不便在國鏗面前多話，陳先生說：「給爸爸電話，告訴他今天發生的事。」

國鏗答道：「知道了，陳叔叔。」

子駿父母跟謝先生一家做了十多年鄰居，謝家發生的事，他們一一看在眼內。陳先生緊握妻子的手，感到一家人親親密密的在一起，已是莫大的幸福。

陳先生開門前，對國鏗說：「國鏗，你家那麼亂，今晚過來睡覺吧。」

「謝謝你，我想回家清潔，並給爸爸打電話。」

陳太太上前輕撫國鏗的頭髮，說：「國鏗，你不要收藏自己的感受，有什麼事都可以跟我們說，我待你和子駿一樣的。」

國鏗心頭一熱，點頭說：「我知道了。我沒什麼的，你們放心好了。」

回到家裏，國鏗馬上開燈關窗，將地上的水果和紙碎一一拾起，生怕有風吹走一點紙屑。國鏗這才知道國鏘撕碎的不單是媽媽的信，還有同學的慰問卡。

國鏗將紙碎放在桌上，慢慢拼回原來的模樣，並小心翼翼地用膠紙將相連的紙碎貼好，一個晚上就這樣過去了。

門鈴聲吵醒國鏗，他才知道自己伏在餐桌上睡了。門外是陳太太，她進門說：「我叫子駿代你告假一天，現在過來幫你清潔。」

國鏗將兩份拼貼完成的信和卡拿回房間，去洗手間梳洗後，看見陳太太已經打開全部窗子，正用清水

加漂白水清洗地上和門上的血迹。

陳太太問：「給爸爸電話沒有？」

國鏗像犯錯的孩子回答：「還沒有。」

國鏗以為陳太太會責罵他，想不到她溫柔地說：「現在給他電話吧。」

「嗯。」

「你今天要接國鏘出院，嗯，我陪你好嗎？」

「醫院沒有打電話叫我接他出院啊。」

「醫生說留院觀察一晚，你現在去看看他吧。」

國鏗給爸爸電話，說：「弟弟昨晚撞傷頭部入院，不過今天可以出院。」

「你答應爸爸會好好照顧弟弟的，弟弟為什麼會受傷？」

國鏗手握電話，不知如何是好，陳太太搶過聽筒，說：「謝先生，我是子駿媽咪，你可別怪我多事，你這樣留下他們兄弟在香港是不對的，他們只是中四學生，有許多事要大人在身邊。」

「陳太太，謝謝你照顧他們，我……」

「有什麼事比兩個兒子重要？」

「我不服氣！」謝先生在電話另一端說：「我是迫不得已的。」

「別為小事生氣，現在孩子只有你了。」

「我……的好朋友欺騙我，帶走我的妻兒，難道就這樣放過他？他對我的妻子始亂終棄，間接令她客死異鄉，現在還要吞佔她的物業，我怎可能輕易放過他？我留在這兒打官司，是要法律還我一個公道。」

「謝先生，人在做，天在看，壞人自有他的懲罰。別忘了錢財身外物，親情才是最重要的。」

「我不是為錢，我不能任由那個敗類逍遙法外！他做了那麼多壞事，現在住豪宅，駕名車，竟然沒有報應，這官司一定要打到底！」

「謝先生，你怎知道他不會接受懲罰呢？也許他的懲罰未到，或那是我們看不見的。」

「我要為她出口氣，她被那個敗類欺騙了，現在連一半業權都快失去了。」

「國鏗和國鏘需要你。」陳太太說罷，將聽筒遞

給國鏗，想他再勸爸爸。

怎料國鏗卻說：「爸爸，你放心辦事好了，我會好好照顧弟弟。」

「那好，結束官司以後，我立即回來。」國鏗放好電話。

陳太太輕歎一聲，始終是別人家事，不宜再說。

「我去接國鏘了。」國鏗進房換衣服。

陳太太在客廳大聲說：「你待我清潔完畢，我跟你一起去。」

「不用了，我可以自己去。」國鏗喊道。

陳太太走近國鏗的房間，柔聲說：「有大人陪你較好的。」

國鏗細心一想，不知道弟弟看見他有什麼反應，相信和陳太太一起去醫院更好，說：「不知道怎樣感謝你們一家。」

「國鏗，你別再婆婆媽媽。」陳太太輕拍他的頭。

國鏗跟陳太太到達醫院，知道醫生巡房後，已經簽紙讓國鏘出院。

國鏘換上入院時的便服，衣服尚有血迹，平靜地坐在牀邊等候他們。他看見國鏗和陳太太，有點歉意，有點尷尬，表情如鬥敗了的公雞，雞冠鬥傷了，正好用紗布包紮起來。

細心的陳太太早已為國鏘多帶一套替換的衣服，國鏘心裏感謝，默默換上清潔的衣服。

陳太太對國鏘説：「我先去付款，你和哥哥到大堂等我。」

國鏗和國鏘走到電梯大堂，乘升降機到達地下，兩人都不願説話，站在一角等候陳太太。

好一會後，國鏘對國鏗説：「對不起！」

國鏗從喉嚨擠出一句：「該由我説對不起才是，我令你受傷入院。」

「昨晚夢到媽媽，她罵我撕了她的信和同學的慰問卡。」

國鏗低聲道：「媽媽真是偏心，她從來沒有在我

的夢中出現。」

「媽媽説兄弟要相親相愛。」國鏘的聲音更低，仿佛很難説出口的。

「是的，媽媽從小教我愛護你。」

「我們為什麼不瞅不睬、打架呢？」

「你不願跟我説話而已。」

「我很討厭香港。」

國鏗不知道怎樣回答，兩人又沉默下來。

陳太太替國鏘付了住院費後，看見兩兄弟沒有交談，連忙走近笑説：「我們回家吧！國鏘，你喜歡喝豬肺湯嗎？國鏗，你陪我去街市買豬肺好嗎？」

「好的。」國鏗跟國鏘説：「香港有陳太太的老火湯，香港有香港的好。」國鏘聳聳肩頭。

國鏘看到家裏回復整齊清潔，哥哥已將撕碎的信和慰問卡拼回原狀，可是膠紙太多，紙上的字變得模糊了。這是媽媽寫的最後一封信，竟然毀在他的手中，他躺在牀上愈想愈後悔。

回想美國的生活自由自在，叔叔和媽媽經常駕車帶他穿州過省旅遊，沒有會考壓力，老師經常誇讚同學成績，比方一百分滿分，他的測驗卷由二十分進步到四十分，已經得到老師讚賞。

香港的天氣不是太熱就是太冷，冬天沒有暖氣，夏天的冷氣太冷。國鏘回來香港後，醒來時總以為自己回到紐約的家，聽到媽媽催速他上學的聲音……每次發現原來身處香港，他都有說不出的失望。

每天在狹小的房間醒來，他總看到快壓下來似的矮矮天花。經過一夜反思，他知道自己犯錯，加上夢中的媽媽責罵他，這次撞傷頭，倒把他撞清醒了。

國鏗陪陳太太買菜回來，弟弟已經睡了，看着跟自己長得一模一樣的弟弟，國鏘暗自神傷。這學年的學業成績插水式下跌，學校不要成績差的學生；美琪不喜歡他，國鏘不喜歡他，爸爸不在身邊，他有一種想法——這世界都遺棄他了。國鏗掛念死去的媽媽，要是自己也死了，也許可以跟媽媽團聚。國鏘大可取代自己跟爸爸繼續生活，像以前的生活一樣，兩個一

模一樣的人，只有一個活在世上便足夠了。

於是，國鏗拾起紙筆，開始寫遺書，他先寫給爸爸，然後寫給子駿和國鏘，他還在考慮要否寫給美琪。

門鈴聲打斷他的思路，國鏗連忙把那些遺書藏起來，子駿一臉陽光的出現眼前，說：「我一放學就來看你，國鏘出院了嗎？」

國鏗說：「他在房間裏睡覺。」

子駿關切地追問：「你們沒事吧？」

「沒事，媽媽在夢中教訓了他。」

「哈，國鏘應該聽媽媽教訓吧。」

「我也想再見媽媽，可她從不會在我的夢中出現。」國鏗幽幽地說，「要是我死了，就可以再見媽媽。」

「你沒有上《聖經》課嗎？要是你自殺死了，一定會下地獄的。我相信伯母早已上了天堂，你死了反而永遠不能與她相見。」

國鏗沒有想到這一點，假如他自殺死了，無法再見媽媽，又不能跟爸爸和弟弟一起生活，那豈不是更可憐嗎？

「你想都別想啊！」子駿說：「我今天再替你打探了，美琪為了跟你看電影那天的事生氣。」

「我不曾跟她看電影啊！」國鏗莫名奇妙的說。

國鏘早已給門鈴聲吵醒，但不願出來，聽到國鏗和子駿在客廳的對話，知道因為那次自己捉弄美琪，令她至今不願跟國鏗說話。

「你有沒有記錯？」

「我怎會記錯呢？美琪是否在夢中跟我看電影，以為是真的。」

「你別做夢，美琪怎會分不清夢境和現實呢？你以為她是三歲小孩嗎？」

「她好像跟你無所不談。」國鏗語帶酸溜。

「我們多年同學，曾經一起在體操隊練習。雖然她現在已退出校隊，但間中來看我們練習，大家因此更熟悉而已，你別誤會。」

國鏗心酸的說：「我沒有誤會，你和美琪看來很

合襯。」

子駿對美琪有好感，但得悉國鏗更喜歡美琪，決定退出這個雛型的三角關係，說：「我不會喜歡簡美琪的。」

國鏗雙眼明亮的問：「不，我感到你也喜歡她。」

「我們是好朋友而已。」

「子駿，你真好。」國鏗笑逐顏開，子駿很久沒看見國鏗那麼開心，知道他的善意謊言對國鏗是好的。

國鏗放下一件心事，便想起另一事，他問：「嗯，昨日程詩敏到校務處聽電話，她有什麼事？」

「你們 F.4A 同學的事，我讀 F.4B 的怎知道呢？不過聽美琪說，小敏的爸爸心臟病發，幸好公司職員及時送他入院，注射了通血管針後，總算沒有危險。她的媽媽當時很害怕，焦急起來便打電話到學校。」

「小敏爸爸很年輕，怎會有心臟病？」

「你沒有讀生物課就不知道了，城市人飲食不健康嘛。小敏的爸爸工作應酬多，經常在外吃高脂肪、高鹽分和多味精的菜，許多都市病年輕化，不少城市人三十多歲就患上心臟病。」

「我也想讀生物課，可惜中四的分科硬要我們選讀不是文科就是理科。」國鏗說。

「就是了。」國鏘不知什麼時候從房內走來，插嘴說：「美國的學制不用分科，我們可以選美術、生物和英國文學，還可多學一種語言，許多外國同學都學中文，我選了法文，唉……早知道我也學中文啦！」

「嘩，你懂法文！」子駿一副難以置信的樣子。

「只能略為看懂法文版的《小王子》而已。可惜，英……什麼沒有武什麼……」

國鏗補充說：「英雄無用武之地。」

「國鏘，我為你拿了暑期中文補習班的表格。只要認真學習，你很快會追到會考的中文程度。」子駿笑說。

國鏘不以為然的說：「怎可能？」

「還有我和國鏗幫你補習啊！」子駿鼓勵他說。

國鏘心裏感激，但沒有説出來，子駿説：「時間不早了，我們過去吃飯吧！」

陳太太看見他們三人同時出現，打從心底笑出來，這笑容比七月的陽光還要燦爛。

飯後，子駿到國鏗的家玩遊戲機，國鏗先洗澡，子駿一邊玩遊戲機，一邊跟國鏘説：「你知道國鏗重視美琪吧。」

「唔。」國鏘以鼻音發聲，不想正面回答。

「美琪説國鏗在戲院作弄她，國鏗説從來沒有跟美琪單獨看電影，這個誤會該是你引起的吧。」子駿淡然地説，國鏘沒有回答。

「你這樣做也許出於貪玩，但你使兩個人都不開心，尤其是你哥哥。你不知道你媽和叔叔帶走你爸爸全部家財，害他申請破產；你們在美國生活的時候，國鏗因為家裏經濟困難，曾被同學誤會是小偷。」

「他從來沒跟我説。」

「國鏗就是這樣的。那次他帶了謝先生靜靜儲來的二千元回校，打算買電子辭典。李灝泉那天剛巧遺失了二千元，大夥兒都誤會國鏗偷錢，他怕爸爸尷尬，怎也不肯說出事實，任由大家誤會他。」

「我看見李灝泉和他有說有笑。」

「說來話長，你還是不要令國鏗不開心。」

國鏗從浴室出來，國鏘進內洗澡，子駿站起來說：「不玩了，明天要早起上學。」

國鏗送子駿出門口，子駿轉身說：「你記得 F.2A 時班主任說最難過的時刻都會過去，國鏗，你要像你的名字那樣堅啊！」

「你想我說你像你的名字那樣俊吧。別忘你頂多像駿馬……長得有點馬相。」國鏗吃吃地笑說。

看見國鏗說笑，子駿放心起來，說：「有這樣的好朋友，誰怕敵人？」

兩人在笑聲中說再見，國鏗很早就上牀睡覺，不知道國鏘看見他收在書架的幾封遺書，從信中得知國鏗打算吃光爸爸的安眠藥。國鏘看得心驚膽戰，連忙推醒國鏗：「哥哥，哥哥，你別死呀！」

國鏗很久沒有聽過這稱呼，這對他而言實在難以置信。他醒來，國鏘懊悔地哭：「哥哥……我知錯了。你別自殺呀！」

睡眼惺忪的國鏗説：「我不會自殺的。」

「你別哄我了，我看見你的遺書了。」

國鏗完全清醒了，笑説：「我有好朋友、好爸爸和好弟弟，怎會自殺呢？我只是練習怎樣寫寫遺書而已。」

國鏘誠懇地説：「哥哥，你別生氣。對不起，我一直以為爸爸欺負媽媽，不知道實情。想不到你們在香港吃了那麼多苦……」

「別説了，早點睡吧，明天上課打瞌睡的話，班主任麥老師又要教訓你了。」國鏗説。

國鏗躺在牀上，暗自慶幸沒有做傻事。當時覺得非死不可的理由，此刻想來真是幼稚。弟弟跟媽媽生活那麼久，他自然不喜歡自己和爸爸，為此怪責弟弟是不對的，他根本不懂得怎樣跟弟弟溝通。

國鏘爬上自己的牀睡覺，想到失去媽媽已是鐵一般的事實，他更應珍惜爸爸和哥哥。這是他的家，他的家別無他處。

第二天，兄弟兩人首次相約一起上學，穿上相同的校服後，國鏗說：「看着你，我覺得自己在照鏡。」

國鏘想到這是適合道歉的時機，怯怯地說：「我曾經扮你捉弄簡美琪。」

「你——捉——弄——美——琪？」國鏗呆住了，半晌才激動地說，「你可以打我、罵我，但你不能捉弄美琪！你明白嗎？你不能令她不開心。」

國鏘知道自己闖禍了，不敢多說什麼。國鏗生氣到極點，不知怎樣才可補救跟美琪的關係，兄弟倆僵持對峙着。

門鈴響起，子駿在最合適的時候出現。

「快上學了，國鏗，你為什麼氣得滿臉通紅，國鏘，你又激怒哥哥了。」子駿的頭左轉右轉，跟他們說話。

「你問他做了什麼好事吧！」國鏗狠狠地說完，

便奪門而出。

子駿勸道：「我們邊走邊說，再說下去可真會遲到了。」

「我跟哥哥說了，是我捉弄美琪的。」國鏘說。

「你叫他哥哥了？你終於願意叫他哥哥了！」

「唉……可是，我要怎補救呢？」

「你先說說那天的事。」

國鏘抖出那次作弄美琪的事，子駿聽到美琪親口說「我喜歡你」，知道她喜歡國鏗，即使有心理準備，依然感到不開心。

國鏘見子駿心事重重，連忙問：「怎麼了，我很過分嗎？」

「極端過分！你怎可以這樣做？你以為別人沒有自尊心嗎？」子駿不客氣地罵他。

國鏘輕歎道：「我可以怎樣補救？」

「你加入體操隊吧！」

「有關係嗎？」

「現在愈來愈少人加入體操隊，人人只顧讀書，你加入正好，美琪知道你是體操隊隊員的話，起碼先對你有親切感。」

「我扮國鏗跟美琪道歉好嗎？」

子駿想了想，說：「好，我今晚再約美琪來我家吃飯，到時你先回家穿上當晚衣服，待美琪以為你是國鏗，然後才說你是國鏘。」

「哥哥在家怎辦？」

「我叫他幫我到圖書館借參考書，他去到圖書館自然會忘了時間，回來的時候，美琪已明白一切。」

國鏘感激子駿不計前嫌，希望及早解決這事。

放學後，國鏘即時趕回家，他穿上國鏗的衣服，在客廳等子駿帶美琪前來。美琪早已從子駿口中知道事情始末，但看見國鏘，仍要他親自交代一遍。

國鏘說罷，美琪說：「你先返回房間，在房內大聲喊謝國鏘是壞蛋。」

「謝國鏘是壞蛋！」國鏘照辦。

美琪說：「謝國鏘是鱸頭！」

「驢頭是什麼？」

「即是傻瓜呀，謝國鏘！」美琪從客廳大喊。

「謝國鏘是驢頭！」國鏘還是乖乖跟從。

美琪命令他：「你說三遍，我便原諒你。」

國鏘大聲說：「謝國鏘是驢頭！謝國鏘是驢頭！謝國鏘是驢頭！」

客廳傳來此起彼落的笑聲，國鏘步出房間一看，只見一大羣 F.4A 和 F.4B 同學都站在那兒，他們畫了一幅驢子的漫畫，連連取笑他。

國鏘漲紅着臉，國鏗上前說：「你現在明白被人作弄的感受吧！」

國鏘像泄了氣的氣球，任由同學取笑。子駿說：「夠了，國鏘還未適應香港的生活，大家別玩得太誇張。我們以後可要幫他適應啊！」

阿雪走近國鏘，說：「你別生氣，當晚美琪被你氣得哭了。」

國鏘認真地說：「對不起，美琪。」

美琪笑盈盈地說：「我不跟驢頭計較的。」

「好了好了，是國鏘不對，我代弟弟跟你道歉。」國鏗也說。

美琪嘟嘴說：「你們都不是好人。」

「冤枉啊，謝國鏗是大好人，我保證！」子駿慘兮兮的說。

看見美琪和國鏘一笑泯恩仇，國鏗心中開着遍地的花。此時，門鈴聲響起，子駿前去開口，卻見謝先生拖着大行李站在門外。

國鏗興奮得高呼：「爸，你回來了！」

謝先生一臉倦容，強撐笑容道：「是呀，這麼多同學來玩。」

國鏘同時叫他：「爸爸！」

謝先生聽到國鏘叫他，心裏有說不出的感動。陳太太說得對，仇恨不重要，半份業權也不重要，一切都不及國鏘再叫他爸爸重要，他趕回香港是對的。

國鏗體貼地說：「爸，你先回房休息吧！」

「爸爸不累，國鏗，你叫外賣薄餅回來請大家吃吧，爸爸請客。」

同學高呼萬歲，李灝泉跟子駿低聲説：「我們付自己的一份錢好嗎？謝先生破產了，沒理由要他請客。」

「謝叔叔還清債務了，你別擔心。」子駿悄聲説。

灝泉一副饞嘴相的跟國鏗説：「那麼，我要厚底至尊批，還有意大利粉！」

國鏗忙於問同學吃什麼，國鏘問美琪：「你今晚作弄我，大家扯平了，你想吃什麼？」

美琪笑説：「我想吃清蒸鱸頭。」

國鏗連忙代弟弟説：「清蒸鱸頭剛巧賣光了，要葡國雞飯吧。」

同學聽了紛紛笑起來，繼續七嘴八舌的説着要吃什麼。

彩虹五貓

期考結束，快到大家期待的暑假。

婷婷聽説爸爸和張叔叔讀中學的年代最期待每年的聯校舞會，爸爸和媽媽在舞會認識，可惜他們各自在中途換了舞伴，沒有在人生中繼續合拍共舞。

婷婷現在最期待的是聯校歌唱比賽，她們以五隻小貓的名義參賽，曾為選歌激烈辯論。

阿恩先建議：「唱《愛是不保留》吧，這首歌提及的愛，是一種比生命更大的愛。」

婷婷説：「我建議唱英文歌，合唱可選 *We Are*

the World。當年是一首慈善籌款活動的主題曲，很有意義。」

「歌唱比賽不是籌款，唱《奇洛里維斯的回信》吧，我喜歡看他演戲。」阿雪另有建議。

「《風箏與風》有二部合唱，較容易唱和音。」小敏也加入建議行列。

「嗯，美琪不如叫謝國鏗和謝國鏘扮 Twins 或者 Solar 唱歌吧。」阿恩頑皮地看着美琪。

「他們的事跟我無關。」美琪笑説：「我想選一首勵志歌曲，因為五個人合唱情歌不好聽的，參加比賽又沒無理由唱《爛泥》、《痛愛》或者《犯賤》那種連名字都負面的歌。」

阿恩問：「先前看美國一百首電影經典主題曲，你們猜哪一首歌得冠軍呢？」

「那些歌出現的時候，我們出世了沒有？」小敏問。

阿雪回答：「好像前十位我們都未出世，最近期那首已是 *My Heart Will Go On*。」

四人異口同聲說：「啊，鐵達尼號。」

「第二位是《北非諜影》的 *As Time Goes By*。」阿雪說。

「嘩，這套電影上映時，我爸媽都未出世。」阿恩說。

「你的父母特別年輕。」美琪說。

「他們早結婚，我以前不喜歡他們，現在明白他們不夠成熟就當父母，根本不懂得怎樣維繫感情和家庭。」阿恩笑笑說，「幸好我比他們早熟。」

提到父母，小敏接着說：「我爸爸連自己的健康也不懂得照顧，血脂過高也不知道，一條血管塞了，兩條血管狹窄。媽媽陪他到了美國做心臟手術，現在他明白不必太拚命賺錢，因為有錢可以找最好的醫生、設備最先進的醫院，但不能買回健康。」

「有一本書叫《窮爸爸與富爸爸》，我不能想像有富爸爸的生活，我連窮爸爸也沒有。」阿雪輕輕道。

「你有好媽媽，還有我們四隻可愛小貓陪你。」美琪說。

阿雪摟着美琪，說：「對，我有個好媽媽，還有四隻『甩毛貓』朋友。」

婷婷緊張地說：「快說第一位啦！」

「我懷疑那齣電影上映時，連美琪的爺爺都未出世。」阿雪說。

「沒那麼誇張吧。」美琪說。

「那是第一代改編《綠野仙蹤》的電影主題曲 *Over the Rainbow*。"Somewhere over the rainbow/ Way up high / There's a land that I heard of / Once in a lullaby"」阿雪哼了幾句歌，問：「你們會唱嗎？」

阿恩搖頭，但說：「很動聽啊！」

小敏努力思索着：「我明明不懂得唱，但又似曾相識。」

「爺爺說他初來香港的時候，最喜歡上電影院看西片，我回家問問他，他最記得幾十年前的事，說不定還會教我唱哩！」

「小時候看童話書，總以為彩虹後有更美麗的世界。」婷婷說，「我們選這首歌吧，既懷舊又有意思。」

「好啊！」阿雪雀躍地說：「我媽媽有這首歌的鐳射唱碟，家裏還有這齣電影，那是媽媽拜託朋友從外國買回來的，我第一次聽便喜歡這首歌。」

「你的品味跟我爺爺差不多哩！」美琪說。

阿雪抗議道：「經典作品可以讓不同年代的人感動呀。」

「就這樣決定吧，我們參賽的隊名叫『彩虹五貓』，好嗎？」婷婷作總結。

小敏舉手道：「好，我要做白色安哥拉貓。」

「彩虹沒有白色的。」阿恩沒好氣的說：「我做紫色家貓。」

小敏不服氣的道：「那麼，怎會有紫色家貓？」

「想像啊，世上可能有紫色家貓……在彩虹外的世界，但彩虹沒有白色的，這是初中科學常識。」

「我做粉紅色貪吃貓，粉紅色像我最喜歡吃的棉花糖。」婷婷說。

「我做藍色長毛貓，藍色看來較有智慧。」阿雪

説。

「考第一都不要那麼張揚，整天強調有智慧，很驕傲啊。」阿恩取笑阿雪，「你們知道彩虹代表應許嗎？」

「我打算會考選《聖經》的，我知道大洪水後，彩虹是上帝對人的應許，以後不再有洪水之災。」阿雪答道。

「唉，既生恩，何生雪？」阿恩扮周瑜慨歎：「既生瑜，何生亮。」

「你隱藏實力而已，要是你盡力的話，我不會考第一的。不過我今年全級考第二而已，而我得強調我不是驕傲，是你們水準太低。」阿雪裝作趾高氣揚的樣子，氣得「四貓」上前搔她。

大家笑作一團，美琪想起阿雪曾提及過借筆記的事，便問：「你考第二，刻意讓程卓民考第一嗎？」

「長毛貓愛上高材生啊！」小敏笑説。

阿雪連忙為程卓民辯護：「別胡説了，程卓民到外國名校升學，他考第一是靠自己的實力。考試不是讓賽，能考獲中四全級第一名，始終是一個美麗回憶。」

小敏惋惜地說：「又一個同學離開我們了。去年王秀美到外國醫病，今年是程卓民到外國讀書。」

「我們活在地球村，無論天涯海角，都可用電郵聯絡的。況且現今交通便利，也許我們有一天也會到外國讀書哩。」阿雪想了想問：「你們有聯絡王秀美嗎？不知道她回來了沒有。」

「她以前家裏的電話已取消登記，現在只有她可以找我們，我們找不到她。」婷婷答道。

阿恩支着頭說：「希望她回復健康。」

「相信她一定可以的。到我選顏色了，我想做黃色摺耳貓。」美琪說。

阿恩不禁說道：「浮誇！」

「那麼我更加浮誇，我要做紅色的安哥拉貓。」小敏說。

大家想起紅色的貓就笑，婷婷說：「我們穿上自己選的顏色衣物，全身都穿同一種色調的衣服，五色

彩虹貓，一定吸引！」

美琪懊惱地說：「要是我穿上一身黃色，可能有人誤會我扮作香蕉。」

「我沒有紫色鞋啊。」阿恩嚷着說。

「我可以借給你。」小敏說：「我們看看怎樣配搭衣服，一定要留起最最最美麗的回憶。」

阿雪堅定地點頭，說：「對，有次看日本動畫，主角說從來沒有快樂的回憶，另一角色說我們可以製造美麗回憶，這次的彩虹五貓要學界歌壇震驚。」

「我們要一百分美麗，張叔叔說青春是瓶裏的鮮花，我們是盛放的鮮花啊！」

美琪猶豫起來，問：「我們要另選一首歌嗎？那首歌不是『K歌』，我怕觀眾和評判不熟悉。」

「這首歌很動聽，說不定選舊歌可以出奇制勝。」阿雪說。

「高材生最愛賣弄見識，我的口才不夠你好，只好聽你的了。」美琪說。

「明天開始來我家練歌好嗎？」小敏說。

「五貓」一致通過由阿雪帶鐳射唱片，小敏負責彈琴，婷婷和美琪唱和音，阿恩和阿雪唱主音，大家希望給這首歌賦予新鮮感，將這首經典歌曲變成「彩虹五貓之歌」。

聯校歌唱比賽那天，王文偉和女同學合唱原本由許志安和葉德嫻唱的《教我如何不愛他》，阿恩覺得他們選歌錯誤，更認為他們外形不合襯。

國鏗、國鏘和子駿組成飯團三人組，他們以陳奕迅原唱的《夕陽無限好》重新填詞為《飯團無限好》，每次當主音子駿唱飯團無限好之時，長得一模一樣的國鏗和國鏘就扮作飯團和唱「好好好……」，觀眾看得捧腹大笑，幾位評判都稱讚他們很有創意。

彩虹五貓做的準備工夫最多，練習最認真，她們五人各穿一種顏色的衣物，全身都是同一種色，輕輕柔柔地唱着彩虹另一端的世界。

阿恩投入感情獨唱追尋藍鳥的一段，觀眾在她的歌聲中，恍然明白了從小愛看飛鳥的她，原來心中一

somewhere over the rainbow

直希望追尋藍鳥般的夢想。台下觀眾陶醉於她的歌聲之中。

Somewhere over the rainbow......

美琪的爺爺想起初來香港，首次看荷活里影片的少年時光，他相信來到香港，努力就可以過好日子，那是美麗如詩的歲月。現在腦海一片混沌，但爺爺看見美琪的笑臉就快樂。

美琪的爸爸帶同父親來看女兒演出，他挑起一家人的生活擔子。既要出外賺錢，回家還要照顧患上老人痴呆症的父親，對一個男人來說，要關心青春期女兒的身心成長更是困難。經歷了婚姻失敗、愛情生活不如意，半輩子為人子、人夫和人父，盡了男人天職，但他到底在追尋什麼？

美琪的爺爺沉醉在黃金歲月之中，不經意笑出聲音來。做兒子的連忙制止他發出聲音，看見父親天真的笑容，不覺也笑了起來。他想到自己可以讓父親和女兒歡笑，現在三代同堂，女兒聰穎明理，父親心無掛慮，儘管生活充滿大大小小的煩惱，然而這一刻，起碼在這一刻，他是快樂的。看見一身黃色的女兒在台上又唱又跳，他滿足地笑了。

附近的觀眾見兩個年歲加起來過百歲的男人格格地笑，也不苛責，這是輕鬆快樂的歌唱比賽，而非要觀眾正襟危坐的音樂會。

Bluebirds fly......

阿雪的媽媽很少看見女兒這樣活潑的樣子。自從丈夫身故、自己貧病交迫，令女兒阿雪遠比同齡的女孩早熟，眉宇間有着抹不去的憂鬱。現在女兒身穿一身粉藍，而非她一直喜愛的深藍，好像擺脫了憂鬱，重新返回少女的粉藍粉紅的美夢。

那是小女孩的夢，阿雪的媽媽小時候曾聽媽媽唱過這首歌，現在經歷生離死別，自身也走過生死一線，重聽這首歌，她彷彿變回中學生，坐在學校禮堂看同學表演。

Birds fly over the rainbow......

約瑟得到婷婷的邀請來看演出，他還是感到香港的中學生比起他故鄉的幼稚，但這種不願長大也是一種成長取向。他不大認同，但喜愛她們的童真。約瑟一直將婷婷和美琪等視作小妹妹，她們唱歌跳舞的神態非常可愛，加上東方人獨有的小扁臉愈看愈順眼，愈順眼愈可愛，而且他感到小妹妹長大了。

婷婷的爸爸跟再婚的妻子坐在觀眾席，他想起跟前妻的彩虹約會——那次他們到葡萄牙旅遊，在一道完整的拱橋彩虹下，他向前妻求婚。前妻要他帶她到彩虹的另一面，暗喻生死永在不分離。後來他們成了陌路人，離婚後，不知怎的連看見對方的背影都感到厭惡。此刻婷婷的爸爸熱淚盈眶，他緊握妻子的手，希望這一次可以執子之手，與子飛越彩虹，到達天國。

他看看觀眾席，發現前妻和再婚丈夫沒有來，不知是巧合事忙，還是不願碰到他。他再看身旁的妻子，她跟他微微一笑，他提醒自己不能再錯。

Why then, oh why can't I ?

阿恩的父母雙雙前來支持女兒，阿恩的爸爸像小

影迷那樣忙於拍攝錄像。他們只喜歡八九十年代的廣東流行曲，很少聽英文歌，不過這首歌由自己的女兒唱，便頓然變得不一樣。

阿恩的媽媽想起初中參加校園歌唱比賽，她和兩個同學自彈自唱 *Today*，得了第三名。她很久沒有彈吉他，現在已忘了怎樣自彈自唱。想起那段唱民歌的青葱歲月，阿恩的媽媽看看丈夫的側面，想到他少年時代的俊朗，對照眼前這髮線後移，魚尾紋漸深的男人，覺得十多二十年像電影一瞬，輕輕溜走了。

歌聲如微風似的在他們心中吹送，阿恩的爸爸察覺到妻子的凝望，轉過頭來，跟她對望，並用手提攝錄機近距離拍攝妻子的樣子，卻被打了一下。他笑起來，輕撫妻子的手，繼續拍攝台上的彩虹五貓，兩人嘴角泛起笑意，溫馨愉悦的感覺不斷從心底湧上來。

Some day I'll wish upon a star......

謝先生和陳氏夫婦坐在一起，他們看見兒子組成的飯團三人組唱《飯團無限好》，尤其是子駿把「陳師奶自製飯團最美味」唱得五音不全，文字跟音樂毫不配搭，他們三人七情上面的走音走拍，令台下觀眾笑得嘻哈倒絕，陳太太更抱着丈夫大笑，連一向愁眉深鎖的謝先生都笑得氣喘。

此刻聽五個少女演繹 *Over the Rainbow*，謝先生驀然明白他錯過了太多，他忙於擴展事業版圖，錯過了妻子的溫柔，錯過了雙生兒的成長，錯過了一個完整的家。

他摸摸口袋曾送給妻子的腕錶，錶背刻有「天長地久」四字，那是上世紀八九十年代的款式。然而兩人沒有天長地久，他將腕錶給國鏗帶回學校義賣籌款，想不到輾轉又回到他手中。

腕錶有腕錶的故事，他和妻子也各有各的故事，星空依舊，人面全非。兩個兒子已是少年，妻子已經離去，他不能再錯過生命中的恩賜。

And wake up where the clouds are far behind me......

自從心臟病的警號響起後，小敏的爸爸有一剎那感到死亡迫近，他從此大大減低了工作量。要是心臟停止跳動，他的事業、家庭和人生都會同告終結，銀行戶口的存款跟他再無關係。對死人來説，1982 年的紅酒跟劣質紅酒沒有分別，頂級網鮑和罐頭鮑魚沒有分別，意大利名牌西裝跟粗衣麻布沒有分別，最名貴的棺木跟草蓆同樣沒有分別。

小敏的爸爸知道，上天已給他兩次警告——逃過海嘯災難，心臟病得到及早救治，他應該有所領悟。

世界首富蓋茨（Bill Gates）是小敏爸爸的偶像，想不到偶像宣布準備退出商界，全力慈善服務。蓋茨早已是世上捐錢最多的人，除了捐錢外，現更進一步投身慈善工作，而全世界第二富豪更將百分之八十五財富捐給蓋茨的慈善基金，希望幫助世上有需要的人。

小敏的爸爸打算向他學習，成立慈善基金，將生意逐步交給手下，並投身慈善服務。為別人服務之前，先要善待家人，他準備邀請哥哥一家同往泰國度假，海嘯後一直想聯絡親人，總因其他事而擱置行動，現在決心在音樂會完結後，第一時間給哥哥打電話。

小敏的媽媽輕挽丈夫的手，靠着他的肩膊傾聽令人陶醉的歌聲，讓人相信藍天白雲的盡頭還有夢想。她夢想跟丈夫走到人生盡頭，想到這裏，她下意識地緊握丈夫的臂彎。

Where troubles melt like lemon drops......

國鏗覺得美琪的和音唱得比阿恩的主音動聽，那首歌仿佛為他而唱。他們的將來是一望無際的藍天，一閃一閃小星星的夜空，在國鏗的想像藍圖裏，美琪佔有最重要的位置。

子駿依然認為台上的美琪很可愛，那是同學和朋友之間的欣賞。當國鏗和美琪並肩出現的時候，他為好朋友高興，更高興的是自己可以放下美琪，而心中沒有酸楚。

台下觀眾反應熱烈，笑聲不絕，國鏘想不到香港的中學生涯也有活潑的一面，他很想媽媽看到他的演出，心裏默默懷念媽媽，希望她在天國看到他們兄弟相親相愛，一起練歌和上台表演。

Away above the chimney tops......

參加比賽的同學每人有兩張門票，程卓民沒有參賽，不過國鏘將自己的兩張門票送給他，讓他與父母同來欣賞。

這是程卓民在香港最後一次的中學活動，三天後，媽媽會陪他到美國適應新環境。

程卓民在這學年全級考第一，他相信是修讀文科和理科的分別——理科着重公式，寫對了就有滿分，但文科很難得滿分，所以他的總成績比張美雪好。

電視宣傳「求學不是求分數」多年，全港大學都以公開試成績做收生標準，「補習天王」只要能夠操練學生應付考試，就可以賺大錢。他認為這樣的教育是愚蠢的，因此當父母提出送他到外國讀書，他隨即同意，他不相信外國教育一定比香港好，起碼那裏沒有鋪天蓋地的「補習天王」。

在香港生活十多年，他急於認識外面的世界，他惟一捨不得的是台上淺藍色的阿雪。

記得中三那年，張美雪轉到這間學校讀書，新校服光潔整齊，想不到課後見她穿的舊衣服都是衣不稱身，但阿雪沒有尷尬，照樣穿着那些細小的舊衣服談笑自若。

程卓民從小穿名牌童裝，新衣穿了兩三次後，媽媽就會轉送表弟，然後跟他逛名店買新衣。因此他家裏從沒有舊衣服，他覺得阿雪好可憐。

阿雪從不自憐，最令他驚訝的是阿雪考第一。數王的數學成績敗給阿雪，深深不忿，以為她有補習，其後發現她和媽媽相依為命，他知道阿雪要考取好成績，一定比他付出多倍努力，接着暗地留意她，竟漸漸喜歡看她專心聽課的側臉。

父母為卓民是資優兒童高興，一直費盡心思栽培他，卻不明白愈聰明的孩子想得愈多。卓民喜歡阿雪，想到自己快要離開香港，不敢表示什麼，他因她高興而高興，為她傷感而傷感，心中只想默默為阿雪做點什麼，不要讓她為他的離開而難過，不要她的心充滿思念。

程卓民凝望台上的阿雪，感到她的歌聲為他而唱，那是祝福他到外國追尋夢想的歌。他打算跟阿雪以電郵聯絡，加深了解，他不知道將來會怎樣，假如有天回來，可以跟阿雪開展感情的話，他希望可以許她一個承諾。

That's where you'll find me......

王文偉相信彩虹五貓會得到全場總冠軍，因為她們將一首音域甚廣的經典名曲演繹得頭頭是道，和唱和主唱都做到主客有致，加上奪目的衣着和精緻的舞步、鋼琴伴奏，種種心思都將其他參賽者比下去了。

王文偉覺得最遺憾的是，她們五人都不需要補習，又沒有介紹同學到他的補習社，讓他少賺佣金。雖然他想過，上網交友為了帶他們到補習社賺錢，這樣做是不對的，但他需要這份工作的薪水。

台上的彩虹五貓專心彈琴、跳舞和唱歌，比賽的名次已經不重要，重要的是她們五人同心完成一件有意義的事。

音樂轉接的時候，小敏由鋼琴位置走出來，與其餘四人擁抱，彩虹五貓摟作一團像五色彩虹，一邊笑一邊流淚的唱：

Somewhere over the rainbow
Bluebirds fly
Birds fly over the rainbow
Why then, oh why can't I ?

If happy little bluebirds fly
Beyond the rainbow
Why, oh why can't I ?